草原の王は花嫁を征服する

夢乃咲実

幻冬舎ルチル文庫

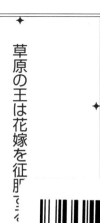

CONTENTS ✦目次✦

草原の王は花嫁を征服する

✦イラスト・サマミヤアカザ

✦カバーデザイン＝コガモデザイン
✦ブックデザイン＝まるか工房

草原の王は花嫁を征服する

「アリマ」

朝の一仕事を終えた朝食の席で、上座に座る父がセルーンに言った。

父はセルーンのことを「りんご」という意味の愛称で呼ぶ。冬になると頰《ほお》が真っ赤になる小さな子どもをいとおしんでの愛称で、父だけでなく、母や兄たち、叔父《おじ》たちなどもセルーンをそう呼ぶので、セルーン自身、なんとなくそれが自分の本当の名前のように感じてしまっている。

「兄さんは今日、用事がある。お前が一人で、羊を北の草地まで連れて行けるか？」

馬乳のヨーグルトで平たいパンを飲み込んでいたセルーンは、はっとして父を見た。

軽く二十人は一緒に食事を取れる族長の天幕だが、族長である父と朝食をともにするのは、三人の叔父と、二人の兄と、末っ子であるセルーンだけだ。

草原の民の子どもは、よちよち歩きの頃から役割を与えられて天幕回りのさまざまな仕事をこなす。族長の子も例外ではない。

ゆるやかな癖毛を押さえている額の銀の輪が、族長の直系であるというセルーンの身分を表しているし、着ている袖《そで》の長い立ち襟《えり》の服も、木綿の普段着とはいえ、丁寧に刺繡《ししゅう》が施されたもの、靴も帯も貧しい庶民の子どものものとはやはり違う。

しかし違いはそれだけで、幼い頃からあらゆる仕事を覚えつつ育っていくのは、身分には関係ない。

今年数えで七歳になるセルーンも、食事を作る女たちの手伝いからはじまって、水くみや火の番など、天幕回りの仕事は一通りやっている。

だが、一人で羊を放牧地まで連れて行くというのは、全く別な仕事だ。

これまでも大人たちと一緒にあちこちの草地へ行ったことはあるが、いよいよ族長の息子の一人として、独り立ちの仕事を与えられるのだ、という気がする。

誇らしさでいっぱいになりながら、セルーンは頷《うなず》いた。

「はい、行けます」

「一人で馬で行くのはまだやめたほうがいいだろう。北の草地なら歩いて行ける。大事な羊が狼《おおかみ》にやられないようにするのがお前の役目だぞ。笛は忘れるな」

父は厳しい顔つきでそう注意する。

末っ子であるセルーンを父は可愛がってはいるが、甘さは決して見せない。

「笛と……弓を持っていってもいい？」

「お前は暇さえあれば弓の練習をしたいんだな」

長兄が苦笑した。

「間違って大事な羊を射るなよ」

「そんなことしないよ！」

セルーンはむきになってそう言ったが、大人たちが笑いだしたのでからかわれただけだとわかり、気恥ずかしくなってまたパンを口に押し込んだ。

昼前に草地に辿《たど》り着くと、羊たちは勝手知ったる様子で散らばって、草を食《は》みはじめる。

セルーンは、わずかな起伏が存在するだけの果てしない平原が少しでも遠くまで見渡せるようにと、古い石積みの上に座った。

これは、遥《はる》か昔に誰かが築いた「城跡」だと聞いている。

昔の人々は天幕を張らずに、石の建物に住んでいたのだと聞くと不思議な気持ちだ。

一年中どころか何年も何年も同じ場所に住むなんて、なんておかしなことだろう。

羊が周囲の草を食べ尽くしてしまうだろうに。

それにこのあたりは冬は雪に覆われてしまうし、夏は暑すぎる。

冬は南の砂漠に近い場所へ、夏は北の山脈に近い場所へ、そして少しでもいい水場と草地を求めて移動する……それが自然な生活だ。

そして、今は夏前の、一番気持ちのいい季節で、草地は青々と地平線まで広がっている。

セルーンは羊たちが散らばっている広い範囲を見渡し……ふと、何かが見えたような気がして瞬《まばた》きをした。

草原で生まれ育っていると、地平線にある点がなんなのか、遠くからでもわかる。

わずかに近付いてくるように見えるその点は……馬だ。

騎馬の男が、こちらに向かってきているのだ。

敵だろうか、とセルーンは身構えた。

この草地は今はセルーンの国のものだが、周囲にはこんなにいい草場を持っていない貧しい小国や、すでに手にしているものでは足りない強国などがいくつもあって、小競り合いはしょっちゅうだ。

大きな戦になって土地の奪い合いになることだってある。

放牧に出るのは、狼だけでなくそういう「敵」を見張るという役割もあるのだ。

だがここは、セルーンの国の奥深く、族長の宿営地まで徒歩で半日の距離だ。敵ならこんなところまで、一人では来ないだろう。

それでも、相手の正体がわかるまでは気を抜いてはいけない。

帯にたばさんだ小刀の柄《つか》に手をかけて、セルーンは待った。

馬は土埃《つちぼこり》をあげながらみるみる近付いてきて、セルーンの前まで来て止まる。

馬上にいるのは見覚えのない……年の頃は十四、五くらいだろうか、大人の男というよりは、まだ子どもに近い若者だ。

だがその顔立ちは大人びている。

鼻筋が通り、きりっとした濃い眉《まゆ》と切れ長の目は、男らしい傲慢《ごうまん》さと品のある繊細さを併せ持った独特の雰囲気だ。

そしてその目を見て、セルーンははっとした。

――なんて、美しい目だろう。

灰色がかった黒の、吸い込まれそうな瞳《ひとみ》。

だがその美しさの中には、抑えた悲しさや寂しさのようなものが仄見《ほのみ》え、それが深みを与えているのが幼いセルーンにも感じ取れる。

そして額には細い銀の輪。

しかし一族の集まりで見たことはない。こんな印象の強い相手を見たことがあれば、絶対に覚えているはずだ。

誰だろう。

「一人か、馬は?」

若者が急《せ》いた様子で尋ねたので、セルーンは慌てて首を振った。

「馬はいません、あの、僕は……」

「狼の群れを見た」

セルーンが名乗ろうとするのを聞かずに若者は言葉を被《かぶ》せてきて、セルーンはぎょっとした。

「群れ?」

「乗れ、羊をまとめる」

有無を言わせない声音で若者が言って、セルーンに向かってさっと手を差し出す。

反射的にセルーンがその手に自分の手を重ねると、若者はセルーンの手を強く握ってぐいっと引っ張った。

たちまちセルーンの身体《からだ》は馬上に引っ張り上げられ、鞍《くら》の後ろに落ち着く間もなく、若者は馬を走らせはじめる。

「あ、待って、弓！」

セルーンの小さな身体に合わせて作られた大事な弓を石積みの上に置いたままだと気付いて叫んだが、

「そんなものは捨てておけ！」

若者はそう言って馬の腹に蹴《け》りを入れる。

セルーンは慌てて片手で鞍に摑《つか》まると、もう片手で、呼び笛を吹いた。

この笛が届く範囲にいるかもしれない人々に、狼の接近を知らせるためだ。

その間にも若者は、全速力で馬を走らせる。

その、見事な手綱さばきにセルーンは思わず見とれた。

草原の民は馬に乗れなければ生きていけない。

セルーンだって、物心つく前から父や兄の馬に乗せられ、気がついたら一人で馬に乗ることも覚え、間もなく自分の馬も与えられることになっている。

まだ、今日のように一人で放牧に出るときに馬に乗ることを許されるほどの腕はないが、馬を駆る技術についてはかなりわかってきているつもりだ。

だから、この若者が羊を追い、まとめるために、緩急つけて馬を操り、右に左に向きを変えるのが、どれだけ上手《うま》いのかがわかる。

後ろにセルーンを乗せていてさえ、馬の動きは流れるようだ。

たちまち広い範囲に散らばっていた羊の群れは、一カ所に集められていく。

「これで全部か」

若者が叫ぶように尋ね、セルーンはまとまった群れをさっと見た。

「まだ、あと二頭、たぶん北に」

「北か」

若者が北に馬首を向けたとき、そちらに砂煙が立つのが見えた。

「あ、あれ」

セルーンが注意を促すまでもなく、若者には残りの羊を追ってくる二人の騎手だとわかったのだろう、馬を止める。

「アリマ、あなたか！」

近付いてきたのは、よく知っている一族の大人たちだった。

セルーンを愛称で呼んでから、セルーンを乗せている若者を見る。

「羊をまとめてくれたのか。狼は、別の連中が追っている。俺たちは羊を宿営地に戻す。アリマをそのまま乗せてくれるか」

つまり……彼らは若者が誰かを知っているのだ。

若者は無言で頷き、大人たちは、羊の群れを三方から囲むために、それぞれに離れていく。

馬の速度は羊の速さに合わせたものになり、セルーンはあらためて、若者の背中を見つめた。

頸《くび》の後ろで、革紐《かわひも》でひとつに縛った髪は、艶《つや》のある黒い直毛だ。

黒っぽい木綿の上着は刺繍ひとつない簡素なものだが、深く折り返した長い袖の部分はすり切れておらず、帯も素朴だが刺繍のあるもので、粗末な印象ではない。

その黒い上着に覆われた背中は、まだ大人にはなりきっていないが無駄のない筋肉の動きが見て取れ、手足の長さもあって、すらりとした長身とわかる。

いったいこの人は何者だろう。

額の銀の輪は族長の直系のしるしだが、見たことのない、二本の輪をひねって絡ませてあるような輪だ。セルーンの一族のものとは違う。

貧しい民でないのは明らかだが、ではどういう立場の人なのか、想像もつかない。

そうこうするうちに宿営地が見えてきて、父と叔父たちが出迎えた。

「アリマ」

叔父の一人が手を伸ばし、セルーンを馬から下ろす。

同時に反対側から軽やかに下馬した若者の前に、父が進み出た。

「ソリル、客人よ、一族の羊と子どもを守る手助けをしてくれたことに礼を言う」

胸に手を当てて軽く頭を下げると、ソリルと呼ばれた若者も同じように頭を下げる。

その下げ具合が、どこか昂然《こうぜん》とした……下げたくない頭を無理矢理下げているというふうに見えてセルーンははっとした。

父の方も、客人と呼びかけてはいるが、対等な客人に対する……というよりは、わずかに若者を下に見ている雰囲気なのがわかる。

父が呼んだ「ソリル」という名は、流星を意味する。

星のような輝きを放つ、美しい目を持つ若者にふさわしい名前だ。

「よければ、幕屋で茶でも」

そう誘う言葉も本気ではないのが、ソリルにもわかったのだろう。

「いえ、これで失礼します」

そう言って再び、馬に跨《また》がる。

「あ」

自分も礼を言おうとしたセルーンに見向きもせず、馬の腹に蹴りを入れ、たちまちソリルは走り去っていった。

数日後、セルーンはソリルの幕屋を探し当てた。

宿営地からは、セルーンの足で半日ほどの場所で、先日の石積みにほど近い。

背中には、ソリルに持っていくよう父に命じられた荷物を背負っている。

荷物そのものはそれほど重くはないが、年の割には小柄なセルーンの背には大きすぎるほどの背負子《しょいこ》で、中身は食料だ。

ソリルは、人質だ。

それをセルーンは、あのあと叔父の一人から説明された。

父の一番上の弟で、父の片腕である叔父は、セルーンや兄たちの教育係のような感じで、族長の子として必要な知識をその時々に授けてくれる。

その叔父の説明によると、昨年近隣の国と戦があり、負けた国から、ソリルを人質として取ったのだ。

人質という言葉はセルーンも知っている。

父の幕屋の近くに女たちが数人一緒に暮らしている幕屋があって、その女たちはそれぞれに別の国、別の部族の出身で、彼女たちは「人質」なのだと聞いている。

女を人質に取れば、族長の妻の一人とするならいだ。

母国と和解すれば女の身分も安定するし、子があればその子も族長の正式な子として遇される。

セルーンの母もそういう人質の一人で、すぐ上の兄とセルーンは母が同じだ。一番上の兄の母は父と同じ一族で、父の正妻でもあるが、子どもたちの間に、年齢以外のへだてはない。

子がなく、再びの戦で母国が勝てば、母国に戻って嫁ぐこともできる。

しかし母国が滅んでしまったような場合は、次第に召使いと側室の間のような身分になってしまい、子どもがいても族長の子としては処遇されない。

それぞれに複雑な運命を背負ってはいるが、女たちは「そういうものだ」と、淡々とそれぞれの運命を受け入れているように見える。

だが今回叔父から聞いたのは、男を人質として取る場合もある、ということだった。

相手の国が強国だったりして、より厳しい条件を突きつけることが必要な場合などに、跡取りを人質として要求するのだ。

「ソリルはどこかの国の跡取りなの？」

強国の跡取りだというのなら、あの男らしさと気品には納得がいく。

形の違う額の輪も、別な一族のものだったのだ。

叔父は頷いた。

「そうだ。和解が成立した際に恨みを買わないよう、跡取りの人質は客人としてある程度丁重に遇される。少し離れた場所に幕屋を与えられて、見張りはつくが行動の自由もある」

それでも、居心地がいいとは決して言えないだろう、とセルーンにも想像がつく。

まだ大人とは言えないソリルがそんな立場に立たされているのか。

「じゃあソリルは……幕屋で一人ぼっちなの？」

セルーンが尋ねると、叔父はまた頷く。

「そうだな。見張りの男たちは親しくなることを禁じられているから……」

そう言って、ふとセルーンを見つめる。

「お前、あいつに届け物をするか？　お前のようなちび助なら、むしろ害はないだろう」

届け物をしにいく。つまり、ソリルにもう一度会える。

「行く！」

セルーンは声を弾ませて答えた。

そして今、荷物を背負ったセルーンの目の前に、ソリルの幕屋がある。

一人用の小さな幕屋で、近くにはあの黒い馬が繋《つな》がれている。

セルーンが近付くのにかなり前から気付いていたソリルが、幕屋の入り口のところに腕を組んで立っていた。

「この間はありがとうございました。食料を届けに来ました」

なんとなく緊張しながらそう挨拶《あいさつ》をすると、

「……お前が来たのか」

ソリルは呟《つぶや》くように言った。

セルーンが荷物を降ろそうとするのにソリルが手を貸してくれ、セルーンの背中は軽くなる。

そのまま二人は無言で互いを見つめた。

セルーンとしては、この人と何か話をしたいと思うのだが、何をどう話せばいいのだろう。これが大人同士なら、地べたに座り、互いに嗅《か》ぎタバコの容れ物を交換してそれを褒め、天気の話からはじめればいいのだろうが。

ソリルは座るように勧めるわけでもなく、幕屋に入るよう誘うわけでもなく、セルーンが持ってきた荷物をその場で見てみるわけでもなく、ただ無言だ。

歓迎されていない、と感じ……セルーンはなんだか悲しくなった。

「あの……僕、じゃあ、これで」

一休みしたい気持ちもあるが、勧められてもいないのに腰を下ろすわけにはいかない。

くるりと向きを変えて歩き去ろうとしたとき、

「待て、ええと、アリマ……といったな」

ソリルが少し焦った様子で呼び止め、セルーンははっとして振り向いた。

「悪かった、少し休んで行ってくれ」

ソリルは少しきまりが悪そうに、ぎこちなく、それでも精一杯やわらかい語調にしようと努力しているように見える。

それが嬉《うれ》しくて、セルーンはぱっと笑顔になった。

「はい！」

ソリルが先に立って、幕屋にセルーンを招き入れる。

小さな幕屋だが、格子状に組んだ木組みを羊毛のフエルトで包み、木の扉がつき、天井には煙出しの穴がある、きちんとしたものだ。

しかし中は簡素な暮らしを物語るように、中央に組んだいろりと、片隅に食料の棚、反対側に寝台、そして馬具などを収める棚があるだけの、飾り気のないものだった。

石組みのいろりには五徳が載っており、草原の民ならどこでもそうしているように、一日分の茶が入った土瓶《どびん》がかけてある。

「座れ。こんなものしかないが」

ソリルは木の椀《わん》に茶を注ぎ、煎《い》り栗《ぐり》の袋をセルーンの前に置いた。

「ありがとうございます」

セルーンは両手で椀を受け取った。

相手がどんなに貧しくても、幕屋で出されたものを断るのは礼儀に反する。

煎り栗は簡単な朝食や子どものおやつに食べるようなものだが、セルーンの好物だ。

ひとつ摘《つ》まんで口に入れてみると、ほろりと口の中で崩れて、甘い味が広がった。

こんなふうにおいしく栗を煎るのには、意外にコツと辛抱強さが必要なものだ。

「おいしい……これ、あなたが？」

「この通り、一人きりだからな。茶を淹《い》れるのも栗を煎るのも、自分でやるしかない」

ソリルは自分も茶を飲み、そっけなくそう言ってから、ふと何か思い出したように立ち上がった。

馬具などが置いてある棚の上から、何かを降ろす。

それを見た瞬間、セルーンは思わず声をあげた。

「僕の弓！」

先日、狼の出現で大慌てで去ったため、石積みのところに置いてきてしまっていたのだ。

ソリルが無言で弓を差し出したのでセルーンは両手で受け取り、はっとした。

「弦《つる》が……」

少し緩んでいたので、誰か大人に頼んで直してもらわなければと思っていた弦が、新しいものに取り替えられて、ぴんと張っている。

「あなたが？」

尋ねると、ソリルは頷いた。

「お前には強すぎるようなら、直してやる」

弦の部分を指で引いてみると、確かにセルーンには強すぎる。

「寄越してみろ」

ソリルはそう言ってセルーンの手から弓を取り、傍らに腰掛けて器用な手つきで直し始める。

「……ありがとうございます」

セルーンが言うと、ソリルはにこりともせず、

「俺はここで暇だからな」

そっけなく答える。

暇だから……暇だから狼を見つけ、羊をまとめてセルーンを送ってくれた、暇だからわざわざ石積みまで弓を取りに行ってくれた、暇だから弓を直してくれた……そんなわけがない、それだけではない、とセルーンにはわかる。

暇だって見て見ぬ振りはいくらでもできるはずだ、ソリルは「客人」であって、一族の財産である羊や、セルーンの弓などどうなっても構わないはずなのだから。

ソリルの中にある「優しさ」がそういう行動を取らせているのだ、とセルーンは感じる。

そっけなさ、ぶっきらぼうな言葉の奥にある、純粋な優しさ。

だが暇だというのも嘘ではないのだろう。

独立した幕屋で、ある程度の自由は認められているといっても、どこかに見張りの目があるからそう遠くへは行けないだろう。遠くまで放牧に連れて行くような羊もいないし、馬も一頭だけだからそう世話に時間がかかるわけでもない。

することがなく、話し相手もなく、ソリルはここで毎日何をしているのだろう。

自分の家族とも一族とも離され、いつ国に戻れるのかもわからない状況で、何を心の支えにして生活しているのだろう。

子ども心にも、ソリルの孤独の深さは想像できるような気がする。

「これでどうだ」

ソリルが弦を軽く弾《はじ》いて音を立ててから、セルーンに渡した。

「あ……ちょうどいい、です」

セルーンの腕の力を正確に測ったかのようだ。

立ち上がって構えてみるセルーンを見上げるソリルの目がわずかに細められた。

「構えがいいな。お前は弓の名手になるのかもしれないな」

そんなふうに褒められたのがセルーンには思いがけなく嬉しくて、頬が赤くなる。

「今はまだ、ジネズミですけど」

「それだって仕留められれば立派な仕事だ」

ソリルは真面目な顔でそう言った。

確かに、ジネズミは毛皮も取れるし、草原にぼこぼこと開けた穴に馬が足を取られて怪我《けが》をすることもあるので、仕留めれば大人たちも褒めてくれる。

それを「立派な仕事」と言って貰《もら》うと、誇らしくて、嬉しい。

「あの」

セルーンは尋ねた。

「ソリルは……弓は？」

持っているのだろうか？　上手いのだろうか？

もしかして、教えてくれたりしないだろうか？

期待を込めたセルーンの問いに返ってきたのは、皮肉な笑みだった。

「俺には武器は許されていない。この小刀だけだ」

帯にたばさんでいるのは、くすんだ金色の飾り紐《ひも》がついた小刀だ。

食事や日常のちょっとした作業に必要なもので、草原の民なら子どもでも持っている。とても武器などとは呼べない。

そういうものしか許されていない……それがソリルの「人質」という立場なのだ。

セルーンは、いけないことを尋ねてしまったと思い、しゅんとした。

気まずい沈黙が落ちる。

「……帰ります……あの、ありがとうございました」

どうしようもなくセルーンがそう言って立ち上がると、ソリルは頷いた。

「気をつけて帰れ」

それでもセルーンはどうしてか立ち去りがたく、躊躇《ためら》い、それから思い切って言った。

「また……僕が来ても、いいですか？　荷物を持って」

ソリルは驚いたように一瞬目を見開き……それから、そっけなく言う。

「来たかったら来ればいい」

それは、セルーンの来訪を、拒んではいないということだ。

また、ソリルに会いに来てもいいのだ。

セルーンにはそれが自分でも驚くほど嬉しい。

「はい、また！」

現金なくらいに声が弾むのがわかってまた赤くなるのを見て、ソリルの口元がわずかに綻《ほころ》んだ。


それから十日ごとに、セルーンは食料などを持ってソリルのところへ通った。

「アリマのような子どもなら、互いに害はありますまい」

叔父たちが父と話し合い、セルーンの「仕事」にしてくれたのだ。

数回目には、ソリルは少し離れたところまで、セルーンを馬で迎えに来てくれるようになった。

そしていろりを挟み、茶と煎り栗を出してくれる。

会話は少ない。

挨拶をしたあとは、どうしていいかわからなくなってしまったりする。

しかしそのうちに、ソリルがセルーンを馬の後ろに乗せて少し走り回ったり、あの石積みのところで昼食を取ったりするようになり、何気ない会話ができるようになってきた。

自分の馬を持ったのは何歳くらいのときか。

弓で、どれくらい遠くのものを射ることができるのか。

石積みに座りながら、この石積みがどれくらい昔のものなのか、などという話もしてくれ、幅広い知識を持っていることもわかる。

そんな会話からは、母国では族長の跡取りとして、幼い頃から厳しくさまざまな教育を受けてきたことが感じ取れる。

セルーンの兄たちが叔父から教わっており、セルーンも次の誕生日が来たら習い始めるはずの、この国の草地や井戸の場所、戦の智慧《ちえ》、などよりも深い学問のようだ。

「ソリルはすごい、僕もいっぱい勉強して、ソリルみたいに、馬も弓もうまくって、いろいろなことを知っている大人になりたい」

セルーンが言うと、ソリルは苦笑した。

「俺だってまだまだ未熟者で学びの途上だ」

そう言ってから、ふと表情を曇らせる。

「今は新しいことが学べない。俺には尊敬する師父がいる。以前、その師父に教わったいろいろなことを今も頭の中で繰り返して忘れないようにしているが……いつまで覚えていられるだろうか。こうやってここで暮らしている間、俺は学びの時間をどんどん無駄にしているのが口惜《くや》しくてたまらない」

セルーンははっとした。

そうだ……ソリルは人質としてここにいる限り、新たな教えを受けることもないのだ。

「ソリルは……ここにいるのはいやだよね……？　国に帰りたいよね……？」

尋くまでもないことだが、尋かずにはいられない。

するとソリルはどこか切なげに微笑《ほほえ》んだ。

「まあ、な。少し前までは、自分の運命を呪《のろ》ってばかりいた。だが……今はずいぶん楽だ。お前がこうして来てくれるようになったからな」

その言葉に、セルーンはかっと頬が熱くなるのを感じた。

自分がこうして十日ごとに訪ねるようになる前は、親しく言葉を交わすことを禁じられた見張りの大人たちしかいなかった。

だが自分が来るようになって、ソリルは少し楽になってくれた。

自分の存在が、ソリルの気晴らしくらいにはなっている。

それが嬉しい。

だがそれでもソリルの辛《つら》い立場は変わらないし、子どもの自分にはどうすることもできないのが口惜しい。

「ソリルの国と、僕の国が、仲良くなればいいのに……そうしたら、ソリルは自分の国で、好きなことができるのに」

そう言ってから、セルーンははたと気付いた。

「でも、そうしたら僕はもう、ソリルと離ればなれになって、会えなくなっちゃうのかなあ」

ソリルはじっとセルーンを見つめた。

優しい、しかしどこか切ない、複雑そうな瞳で。

「……お前は俺と会いたいのか？　どうして？」

セルーンは首を傾《かし》げた。

どうして自分はこんなに、ソリルと一緒にいたいのだろう。

ソリルの何が自分をこんなに惹《ひ》きつけるのだろう。

セルーンにはまだ、それを表せるような言葉がみつからない。

「僕は……僕はただ、ソリルが寂しくなくなって、ソリルが笑ってくれたらいいなって……そういうソリルが見たくて、ソリルに会いたいのかなあって思う。そうしたら僕も嬉しいだろうなって」

考え考えそう言いながら、自分の気持ちに気付く。

そう、ソリルの心からの笑顔が見たい。

どこか寂しげな、苦笑じみた笑みとか、かすかに口元を綻ばせるとか……そんな笑みでもセルーンには嬉しいと感じるのだから、ソリルが心から笑ってくれたらどんなに嬉しいだろう。

「俺が笑うと……お前は嬉しいのか？」

ソリルが不思議そうに尋ね、セルーンが頷くと、目を細めた。

ああ、この顔が、このまま笑顔になってくれたら、とセルーンが胸を膨らませた瞬間、ソリルは眉を寄せ、セルーンから目を逸《そ》らした。

「悪いが……難しいな、今の俺には」

低く呟く。

ソリルが心から笑えるのは、人質という身分から解放されたときなのだろう。

つまり、この国からいなくなるとき。

それでもソリルの笑顔が見たいと思ったら……ソリルに会いたいと思ったら。

「いつかソリルが国に帰って、そして僕がもっと大きくなって一人で遠乗りができるようになったら……ソリルに会いに行って、一緒に馬を並べて走ったりできる？」

セルーンは尋ねた。

ソリルが馬で走る姿は美しい。生まれたときから大人たちが馬で駆ける姿を見てきているセルーンだが、ソリルの手綱さばき、馬上での姿勢は本当に美しいと思う。

そんなソリルと、馬を並べて駆けることができたらどんなに素晴らしいだろう。

「一緒に、馬を並べて駆ける……？」

ソリルの瞳に、面白そうな色が浮かんだ。

「お前は俺と一緒に、馬を並べて走りたいのか？」

「え、ええと、あの」

そのためには、セルーンだってソリルと並んで走れるだけの技量は身につけなければいけない、それは当然だ。

「僕、頑張って上手くなるから……ソリルに置いて行かれないくらいに」

その瞬間……ソリルの顔に浮かんだものを見て、セルーンははっとした。

思わず洩《も》れたといったふうな、控えめな……しかし本物の笑みだ……！

その笑みがソリルの顔を一瞬、年相応な少年らしいものに見せる。

「いいだろう」

ソリルはそう言って、セルーンに手を差し出した。

「いつか俺とお前は、馬を並べて駆ける。そして俺は、お前のために笑う。約束する」

「うん！　約束だよ！」

セルーンはソリルの手を握り、その手が温かく優しいのを感じ、胸がきゅんと締め付けられるような、甘痛い不思議な疼《うず》きを感じていた。

「人質が逃げたぞ！」

夜半、駆けてくる数頭の馬の足音とともに叫び声が聞こえ、セルーンは飛び起きた。

「アリマ、お待ちなさい」

草原の夜は寒い。下着のまま飛び出そうとするセルーンに、乳母《うば》が慌てて綿入れの上着を着せかける。

上着の前を留めるのももどかしく、セルーンは外へ出た。

父の幕屋の前に、男たちが集まっている。

「叔父さま！」

叔父が父の幕屋に向かって大股《おおまた》で歩いているのを見つけ、セルーンは追いかけて上着の裾《すそ》を掴んだ。

「誰が逃げたの？」

「ソリルだ」

短い答えに、セルーンの心臓が口から飛び出しそうになる。

叔父はセルーンを厳しい顔で見た。

「お前、いつあいつのところに行った？　おかしな兆しはなかったか？」

「おととい……何も、僕……いつもと同じで」

セルーンは震える声で答える。

本当に、いつもと同じで、何ごともなかったのだ。

落ち着いて大人びたソリルの顔。

何気ない会話をして、少し馬に乗って、次に来るときには、セルーンも自分の馬で来ることを許されそうだという話をして。

そうしたら……同等に馬を並べることは無理でも、ソリルのように乗れるよう、練習できたらと思っていた。

それなのに、ソリルはいなくなった。

だとすると……もうソリルには会えないのか。

二度と会えないのかもしれない、そのことはセルーンにとって衝撃だが、だからといって、追っ手に摑まり、連れ戻されてほしくはない。

ソリルは自由になり、自分の国に戻る。

闇《やみ》の中を、あの黒い馬に乗って、風のような速さで、自由に向かって駆けていく。

そして……笑顔になる。だが自分はその笑顔を見ることはできない。

それが、悲しい。

「追っているのは誰だ？」

「増員しろ！」

男たちの叫び声に続いて、

「くそ、アリマと遊んだりして、気丈にしているがやはり子どもなのだと思わせて……こちらを油断させたのだ」

一人の叔父の声に、セルーンははっとした。

自分と会っていることで、大人たちを油断させた。

それが本当なら……自分はソリルに利用されたのだろうか。

だがそう思っても怒りや悲しみは湧《わ》いてこない。

むしろ、ソリルに逃げ切ってほしい、と思う。

そして実際……闇の中に姿を消したまま、ソリルは見つからなかった。

父は当然ソリルの国に抗議を申し入れたのだが、別な国境に争いの種を抱えていたため強気になってソリルの国に攻め入ることもできず、両者の関係は火種を抱えたまま膠着《こうちゃく》状態となり、ソリルの件はうやむやになってしまった。


「セルーン」

馬を止めて地平線に目をやっていたセルーンの傍らに、一頭の馬が駆け寄ってきた。

乗っているのは、眉の濃い、いかついい身体つきのダンザンという若者だ。

十八歳になったセルーンよりも五歳ほど年上で、父親はセルーンの父の側近の一人で、所有している羊も多い。

「何か見えるのか」

「何も」

セルーンは首を振った。

国境に近い場所で何か見えれば、それは「何かが起きる」ということだ。

「そうだろう。どっちの国境も今は平穏だ」

ダンザンは気軽な調子で言った。

「なあ、それよりも俺と遠乗りをしないか。まだ俺と、馬を並べる関係にはなりたくないのか？」

そう言って手を伸ばし、セルーンの髪に触れてこようとしたので、セルーンはさっと手綱を横に引き、ダンザンの手から逃れた。

ダンザンが肩をすくめる。

「ちぇ、そう嫌わなくたっていいだろう」

「嫌いじゃない……でも僕は誰とも、そういう関係になる気はないんだ」

セルーンは静かに言った。

二年ほど前から、セルーンにこういう言い寄り方をする男がちらほら出てきている。

セルーンの背がすらりと伸び、ゆるやかな癖毛が長く波打つようになり、遠くを見つめる、長い睫毛《まつげ》にふちどられた瞳がどこか憂いを帯びるようになってくると、にわかに男たちの視線がセルーンに向けられるようになってきたのだ。

もちろんそれは、女に対するのとは違う。

子を産み育て家を繁栄させるのは女だ。男たちはある程度の年齢になれば当然のように妻を迎える。

しかしそれとは別に、同性の中に、一対一で繋がりを深める相手を求めることもある。互いを特別な相手として選び、身体を重ね、実の兄弟よりも優先する相手として互いを大切にし、助け合う……そういう関係だ。

それを「馬を並べる関係」と言い表す。

主従でその関係になれば、上の人間は誰よりも相手を引き立てるし、下の人間は相手に死ぬまで忠誠を尽くすことにもなる。

はじめてそれを知ったとき、セルーンは自分が昔、そんな意味を持つとも知らずに「いつか馬を並べて駆ける」と無邪気な約束をした相手のことを思った。

あのときソリルは知っていたのだろうか、「馬を並べる」という言葉が持つもうひとつの意味を。

知っていたなら……セルーンの言葉が可笑《おか》しかったに違いない、と恥ずかしくなる。

同時に、その意味を知った今でも、目の前にソリルが現れたら「馬を並べて駆ける」関係になることを望むかもしれない、とも思う。

そう、ソリルなら……ソリルとなら。

それでも、セルーンとソリルが会ったのは、実際には十回あるかないかだ。

そして折に触れ、あの約束をしたときの甘痛い胸の疼きは忘れられない。

そして折に触れ、ソリルはどんな大人の男になっただろう、今目の前にソリルが現れたらソリルは自分がわかるだろうか、などと想像してしまうのも止めようがない。

ソリルはきっと、穏やかで落ち着いた、しかし芯のある美丈夫になっていることだろう。

もし、ソリルと再び会うことができ、ソリルが約束通り、心から、セルーンのために笑ってくれたら……！

そんなことを考えていると、

「セルーン」

ダンザンがまたセルーンを呼んだ。

「なあ、それじゃあ、すぐに俺と、馬を並べる関係になれとは言わないから……一度くらい、俺と寝てみないか？　そうすればわかることもあるかもしれないぞ」

セルーンは地平線からダンザンへと視線を移し、真っ直ぐに相手を見つめた。

「ごめん、僕は本当に、そういう気持ちにはなれないいんだ」

静かだが断固とした言葉と視線に、ダンザンがわずかにたじろぐ。

そう、ソリルと再会することは現実にはあり得ないと思っても、やはりセルーンはそういう気持ちにはなれない。

女との経験がない少年同士が、互いに練習するかのように身体を重ねる。それはそれでよくある話だが、セルーンにはそういう経験もない。

族長の末っ子として可愛がられてきたセルーンをさすがにもう「アリマ」という愛称で呼ぶ者はなく、そろそろ嫁取りをという話も出てきているが、そういう話にも乗り気になれない自分をどうすることもできない。

「やれやれ」

ダンザンがとうとう諦めたようにため息をついた。

「美しいセルーン、一族の秘蔵っ子、弓の名手……お前を自分のものにするのは、いったいどういう人間なんだろうな。男なのか、女なのか」

セルーンは苦笑した。

自分は誰かのものになるのだろうか、そして誰かを自分のものにするのだろうか、もし一時そういう関係になったとしても、いつ相手が自分の目の前から消えてしまうのかわからないのに。

そう考えてセルーンははっとした。

もしかしたら自分はそれが怖いのだろうか？　深い関係を結んだ相手が、いつかソリルのように自分の前から消えてしまうのが？

これほどまでにソリルという存在が自分の中に居続けているのは、突然断ち切られるような別れ方をしたから……という未練なのだろうか。

どちらにしてもあの約束に意味はない。ソリルとはもう会えない。セルーンにだってそれはわかっている。

ソリルの国とはあれからも常に緊張状態にある。

もともとソリルの国は強国だ。ソリルを人質に取った戦で、セルーンの国が勝ったことのほうが奇襲による僥倖《ぎょうこう》で、周辺の国を驚かせたくらいだと聞いている。

そしてソリルの脱出後、すぐに襲いかかってくるかと思えたソリルの国はセルーンの国に見向きもせず、同時に商人の行き来すら断たれてしまい、国の中についての噂《うわさ》も伝わってこない。

ソリルも、セルーンの国にいたときのことは、思い出したくもないだろう。

そう考え、思わずため息をついたとき。

「セルーン！」

ダンザンが驚愕《きょうがく》して地平線を指さし、セルーンはぎくりとして同じ方向を見た。

土煙。

単騎ではない……複数の、いや、相当な数の騎馬の群れ……!

国境から現れたということは。

「敵襲だ!」

ダンザンが叫んで馬の向きを変え、走り出す。

セルーンも馬に鞭《むち》を入れ、先に走っていたダンザンをたちまち追い越し、族長の宿営地を目指したが、いまにも背中に敵が迫ってきそうな気配を感じていた。


幕屋の中に、セルーンは跪《ひざまず》いていた。

父、叔父たち、兄たち、一族の主だった男たちもだ。

全員の服が汚れ、髪は乱れ、そして武器はすべて取り上げられている。

敵はセルーンの一族を背後から威圧するように居並んでいる。

勝負は半日でついた。

セルーンの一族にとって意外だったことに、敵は三方から来たのだ。まるで示し合わせたかのように。

今までこんなことはなかった。互いに敵対し合っているいくつもの国が、一つの敵を倒すために手を結ぶなどというのは、聞いたことがない。

セルーンは女たちの幕屋を守るよう命じられ弓を取ったが、反撃に出た男たちが圧倒的な敵の数に押し戻されてきて父が降伏すると、一度も放つことのなかった弓矢を取り上げられてしまったのだ。

そして今セルーンたちは、敵の大将が現れるのを、こうして跪いた屈辱の姿勢で待っている。

これからどうなるのだろう。

これだけ一方的な戦で負けたということは、どれだけの水場や草地を切り取られてしまうのか。

一族や民は、この冬を越せるのだろうか。

やがて、幕屋の外がざわつく気配がした。

「この中です」

誰かが案内する声が聞こえ……そして、一人の男が、天幕にゆっくりと入ってきた。

跪く男たちの前まで来て、ぴたりと足を止める。

「全員、顔を上げろ」

背後に居並んでいた敵の一人が命じ、セルーンはゆっくりと頭を起こした。

敵の大将の、つま先が反り返った羊革の長靴が見える。

そして、刺繍のある黒い上着の裾。

手に持った馬の鞭が、長い脚に沿って垂れている。

他人の幕屋に鞭を持ったまま入るというのは、この世界で最も無礼なことだが、それをあえてこの男はしているのだ。

黒い帯の上に、厚い胸板を覆う革の鎧《よろい》。

帯には武器とはまた別の、小刀がたばさんであり、その柄から垂れた飾り紐を見てセルーンはぎくりとした。

くすんだ金色の、優美な組紐。

まさか。

セルーンはおそるおそる視線をさらに上に向け――

その顔を見て、思わず息を呑《の》んだ。

それは、おそろしく整った顔をした、まだ若い男だった。

面長の、左右対称の顔。引き締まった顎《あご》と唇、かたちのいい高い鼻、そして……切れ長の灰色がかった目は、なんの感情も表さない冷たい光を放っている。

額にはひねりのある銀の輪が、真っ直ぐで艶やかな黒髪を押さえている。

ソリル。

小刀の飾り紐でまさかと思ったが、ソリルに間違いない。

あれから十年以上が経《た》ち、ソリルは逞《たくま》しい大人の男になっている。もともと長身だったが、肩幅と胸板がより逞しくなり、それでいてすらりとした、均整の取れた体つきは、思わず見とれるほどだ。

顔立ちも、想像以上に男らしく整ったものになっている。

しかし……その瞳の暗さはどうしたことだろう。

吸い込まれそうに美しかった灰色の瞳が、今は暗さと冷たさだけを帯びている。

ソリルは自分が捕らえた一族の男を、威圧的にゆっくりと眺め渡した。

セルーンと目が合ったが、表情をぴくりとも動かさず、その視線はセルーンの顔の上をただ辿《すべ》っていく。

……わからないのだろうか、セルーンのことが。

いや、確かにあの頃すでに大人になりかかっていたソリルと違い、本当に幼い子どもだったセルーンは、十八という大人になり、完全に面変わりしているだろう。

そもそもソリルはセルーンのことなど、思い出すこともなかったのかもしれない。

折々に思い出していたのは、自分だけなのかもしれない、とセルーンは切なく思う。

ソリルは、族長であるセルーンの父を真っ直ぐに見つめた。

「久しぶりだな」

「……これは、あまりにも卑怯《ひきょう》ではないか」

セルーンの父は気丈にソリルを見上げた。

「国と国のことは、一対一で決めるべきだ。このように、三方の国が手を結んで一つの国を攻めるなど、聞いたことがない。お前がこの国にいたときには、それなりに丁重に遇していたはず。これはあまりにも恥知らずな所行ではないのか」

「それなりに丁重に……な」

ソリルの口元に冷たい笑みが浮かんだ。

かつてセルーンが見たいと願った本当の笑みからはほど遠いその笑みに、セルーンの背筋がぞくりと冷える。

「俺にも言いたいことはあるが、まあ過去は過去だ。今、俺は勝者として、敗者の族長である お前の前に立っている」

ソリルはちょっと言葉を切ってから、静かに尋ねた。

「何度か、使いを送ったはずだが。一族ごと、完全に俺の配下に入る気はないかと。これが最後だ、もう一度尋ねる。俺に従う気はないか」

「ばかばかしい」

父は顔を歪《ゆが》めた。

「お前が何をしたいのかわからないが、それは草原の考え方ではない。かつてわしはお前の国を攻め、勝ち、お前を人質に取った。今、お前はこの国を攻め、勝ったのだ。好きに人質を選べばいいだろう。それが正しい道だ」

セルーンは驚いて、父とソリルのやりとりを聞いていた。

ソリルから、何度かそんな使いが来ていたというのを、セルーンは全く知らなかった。

商人の行き来さえ途絶え、ソリルの国については何も伝わってこないと思っていたのに
……父とわずかな側近だけの秘密にされていたのだろうか。

そして確かにソリルの言っていることはよくわからない。

完全に配下に入るとはどういう意味だろう？

一族に、一族としての誇りを捨てろということだろうか……？

ソリルはため息をつき、そして何かを吹っ切るように頭を振った。

「わかった。では望み通りに。お前の子は全部で何人いる」

セルーンの心臓がどくんと大きく音を立てた。

人質選びに入ったのだ。

「……息子が三人、娘が二人だ」

セルーンの父が答えると、ソリルは畳みかけた。

「全員、結婚しているのか？」

「末息子だけがまだだ」

「では、末の息子を貰っていく」

「なんと！」

セルーンの父が驚愕して顔を上げ、跪いている叔父たちや兄たちも驚いて顔を見合わせる。

「娘が二人いると言っているではないか！　息子のほうがいいというなら、跡取りの長男を連れて行くのが筋だろう！」

娘を側室にするか、跡取りを客分として押さえるか。

人質というのはそういうもののはずだ。

いや、跡取りではない息子を人質にする場合もあることにはある。

適当な娘がいない場合、息子の一人を、娘の「代わり」として差し出すこともある……つまり、男でありながら側室と同じようにその身体を相手に差し出す。

それは……非道とも言える、もっとも屈辱的な人質。

姉妹のいるセルーンを、ソリルはあえて……そういう意味で選ぶというのだろうか。

いや、もしかしたらもう一つ、別な意味があるのかもしれない、とセルーンの胸の奥にかすかな期待が点《とも》る。

そう、セルーンとソリルの、あの遠い日の約束。

いつか馬を並べて駆けよう、という。

そんなそぶりを見せないだけで、セルーンのことをちゃんと覚えていて、セルーンを連れ出しに来たのだろうか……？

セルーンの心臓がばくばくと音を立て始める。

だったら……それなら……ソリルは「馬を並べる」という約束を、大人の男同士の関係として結ぼうと思っているのだということになる。

しかし、そんなセルーンのかすかな期待は、次の瞬間打ち砕かれた。

「なぜ末息子を――そもそもあれは、昔」

おそらくかつての「アリマ」のことを言い出そうとしたのであろう父の言葉を、

「黙れ」

ソリルは冷たい声で遮ったのだ。

「俺は、誰かのものになったことのある身体になど興味はない。末息子だけが結婚していないというのなら、それを貰っていくまでだ」

ぎょっとするほどの冷たい声。

ソリルはまたゆっくりと跪く男たちを見渡し、セルーンと再び目が合う。

「……お前が末息子だな。名は？」

その瞬間、セルーンにはわかった。

ソリルはセルーンのことなど全く覚えていない。

過去のことなどなんの関係もなく……ソリルはただ結婚していないという理由だけで、名前も知らない末息子を連れて行こうとしているのだ。

女のように、その身体を差し出す人質として。

そしてセルーンにも、父にも、拒否する権利などありはしない。

戦に負けたのだから。

相手がソリルでなければ、セルーンはこんな屈辱に耐えられず、命を絶つことさえ選んだかもしれない。

だが——相手はソリルだ。

自分のことを覚えていないとしても、セルーンはソリルを覚えている。

ソリルという、寂しげな瞳の、しかし穏やかで優しかったあの若者の本質が、征服者となったからといって完全に変わったとは思えない。

今のソリルの中に、セルーンが忘れられなかったあのソリルが、絶対にいるはずだ。

そして、いずれにせよ誰かが人質にならなければいけないのなら。確かに未婚のセルーンが一番身軽で、悲しむ人も少ないだろう。

セルーンは決心し、真っ直ぐにソリルの目を見つめた。

「私の名は、セルーン・サルヒです」

涼しい風を意味する自分の正式な名を告げる。

「では、来い」

ソリルはそっけなく言って、踵《きびす》を返して幕屋を出ていく。

セルーンは躊躇うことなく立ち上がった。

「セルーン！」

父が呼び、セルーンは父を、叔父たちを、兄たちを、見つめた。

また会える日が来るのだろうか。

国と国のことは、どうなるのか全く予想がつかない。

もしかすると、これが一族との永遠の別れなのかもしれない。

男たちとはここで、せめて視線でも別れを告げられるが、母や姉たちとは、このまま二度と会えないのかもしれない。

人質とは……そういうものだ。

そしてかつてソリルも、そういう立場だったのだ、と思う。

「お元気で」

なんとかそれだけ言って、セルーンは敵方の男たちに促されて幕屋をあとにした。


ソリルの幕屋は、かなり離れたところに設けられていた。

さえざえとした月の光のもと、セルーンは小刀すら持たぬ丸腰で馬に乗り、周囲を屈強な男たちに囲まれ、ソリルの幕屋に向かう隊列の最後尾にいた。

今後ソリルは自分の国に引き上げるのか、それともまだどこかと戦うのか、新しい場所に本営を設けるのか、それは全くわからない。

ただわかるのは、セルーンの周囲にいる兵たちが三つの国から選ばれた兵たちであり、彼らが全員、まるで一族であるかのようにソリルに従っているということだけだ。

これまでそんなことをした男のことなど、聞いたことがない。

やがて、椀を伏せたようないくつかの幕屋が設けられたところに着いた。

セルーンの国の南境に近い、草原と砂漠が混じりはじめた場所だ。

「お前はこの中で待つのだ」

道中ずっとセルーンの傍らにいた男がそう言って、ひとつの幕屋にセルーンを押し込んだ。

頬から顎にかけて刀傷のある、しかしソリルよりは少し年下に見える若い男だ。

男はじろじろとセルーンの頭からつま先までを眺め渡した。

「なるほど、あの方の気まぐれもわからんではないが……何もこんな」

吐き捨てるように言って出ていこうとしてから、ふと振り向く。

「水がめが用意してある。身体を清めておけ」

セルーンはその言葉に硬直し、男が出ていき、扉が閉まるのを見つめていた。

それからようやく振り向いて、幕屋の中を見る。

小さな幕屋だ。格子状に組んだ壁をフエルトで包み、入り口には木の扉がつき、頭上には煙出しの穴が開いた、どこにでもある幕屋。

だがどこか、昔ソリルが一人きりでいた、あの幕屋を思わせる。

それは……あまりにも簡素で、調度品もろくにないからだとセルーンは気付いた。

普通なら、壁に刺繍の布をかけ、床に織りの布を敷き、棚などには色が塗られ、幕屋の中は色彩豊かなものだ。

しかしここには色があまりない。

もちろん、遠征の陣営であり、長居する場所ではないからかもしれないが。

中央のいろりには火が焚《た》かれて五徳に土瓶がかけてあり、一方の壁際は一段高くなっていて羊の毛皮が敷かれた寝台になっている。

そしてもう一方の壁際に目を転じ、大きな水がめが置かれているのを見て、セルーンは自分をここに押し込んだ男の言葉を思い出し、ぎゅっと唇を噛《か》んだ。

身体を清める……ということは、ソリルは今夜ここで、セルーンを抱く気なのか。

そうなのだろう。

人質として我が物にした女、または男には、さっさと所有のしるしをつけてしまうべきなのだ。

セルーン自身はまだなんの経験もないが、子どもの頃から家畜の交尾は見ているし、大人たちの猥談《わいだん》のようなものも聞いているし、ここ二年ほどは「馬を並べる関係になりたい」というダンザンのような男たちから、身体の関係を迫られたりもしていた。

そういう場合も常にセルーンが「抱かれる」側と相手が考えているのは、なんとなくわかってはいた。逆の立場になりたいとも思ったことはないから、そういうものなのだろうと思っていた。

そしてセルーンさえその気になれば、そういう男たちの誰かと「馬を並べる」関係になっていてもおかしくはなかった。

だが、ソリルに抱かれるのは違う。

セルーンはただ、ソリルに征服され、服従させられる。

幼い頃、ソリルと本当に単純に、いつか並んで草原を駆けようと約束したことが、今となっては辛い思い出だ。

しかしそんなことをただただ考えていても仕方がない、覚悟を決めなければ。

セルーンは着ているものを脱ぎ、絞った布で身体を拭《ぬぐ》った。

ソリルの手がどういうふうに、自分のどこに触れるのか、頭で知っているのと自分でこれから実際に体験するのは、全く違うのだろう。

怖い、という気持ちももちろんあるが……殺されるわけではないのだから、と自分に言い聞かせる。

同時に、すべては自分の思い違いで、幕屋に入ってきて二人きりになったら、笑顔になって「アリマ」と呼びかけてくれるのではないか、という一縷《いちる》の望みもまだある。

服は再び身につけるべきなのか、手間を省くために裸のままでいるべきなのかと迷っていると、ふいに扉が開いた。

はっとして顔だけ振り向くと、ソリルが入ってきた。

外から、あの刀傷の男が険悪な顔でセルーンを睨《にら》み、扉を閉めるのが見えた。

「……用意はできているようだな」

ソリルはそっけなく言った。

やはり……ソリルの望みはそれなのだ、とセルーンの中のわずかな希望は消えた。

ソリルは革鎧を取り、簡素な木綿の上下姿だ。

裸のセルーンが動けずにいると、

「こちらを向け」

ソリルが命じ、セルーンは覚悟を決めてソリルの方を向いた。

手で隠すのも今さらだと思い、両手は身体の脇に垂らす。

ソリルは表情を変えずに、セルーンの身体に点検するような視線を這《は》わせた。

こんな素裸を、十歳よりあとになって誰かの前にさらしたことはない。

自分の身体はソリルにどう見えているのだろう。

同年代の男たちに比べて華奢《きゃしゃ》に見えるのは知っている。乗馬や弓でそれなりの筋肉はついていても逞しさにはほど遠い。

草原を日々駆け回っているが、日焼けの色はそれほど顔や手に色を残さず、ゆるやかにうねる髪も細絹の滑《なめ》らかさだ。

こういう自分を、ソリルは愛《め》でたいと思うのだろうか、それとも苛《さいな》みたいと思うのだろうか。

緊張で鳥肌が立つように感じていると、ソリルが吐き捨てた。

「刀の一本も隠し持っていないのか。俺を殺して逃げ出すなら今が絶好の機会だっただろうに」

殺して、逃げ出す……ソリルを……？　そんなことは考えてもいなかった。

ソリルなら、ソリルが同じ立場だったら、そうしたのだろうか。

「ではお前は、なんのためにここにいる？　幕屋に入れと言われたから入り、身体を清めろと言われたから清め、そして？」

詰問《きつもん》するような口調に、セルーンは戸惑った。

ソリルはセルーンに何を言わせたいのだろう。セルーンは、戦で国が負け、人質として要求されたからここにいる。

逃げ出せば再び戦になり、一族に勝ち目はなく、徹底的に潰《つぶ》されるだろう。

そういう、無駄な抵抗をしないことの証《あかし》として、セルーンはここにいる。

セルーンの前にあるのは「ソリルに従う」という選択肢だけだ。

「……あなたが、僕をどうなさりたいか、です」

セルーンは真っ直ぐにソリルの目を見て言った。

「僕は僕の義務を果たすためにここにいる。逃げ出すつもりはありません」

「義務、だと」

ソリルの頬がぴくりと動き、眉が寄る。

「お前の義務とは？」

「あなたの望みに従うことです」

「だったら」

ソリルは冷たく言った。

「抱いて下さいと言ってみろ」

セルーンは唇を噛んだ。

ソリルはセルーンを抱くつもりであり……それも、セルーンに屈辱を味わわせ、征服することが目的なのだ。

それなら、受けて立とう。

ただし、弱みは見せない。見せたくない。それがセルーンの誇りだ。

力尽《ちからず》くで屈服させられるのではなく、自分の意思でそうするのだ、と思うことが。

セルーンはソリルの前に片膝《かたひざ》をつき、頭を下げ……そして、ゆっくりと言った。

「私を、抱いて下さい」

声が震えなかった自分を褒めてやりたいと思う。

「……いいだろう」

ソリルは苛立《いらだ》ちを含んだ声でそう言うと、セルーンの二の腕を摑んで立ち上がらせ、乱暴に寝台の上に突き飛ばした。

幾重《いくえ》にも重ねた羊の毛皮がセルーンの身体をやわらかく受け止める。

ソリルは無言でセルーンの上にのしかかってきた。

唇を塞《ふさ》がれる。

「っ……っ」

突然のことにセルーンの思考が追いつく前に、ソリルの手が乱暴にセルーンの身体をまさぐった。

ぬるりとした舌がセルーンの口内をまさぐり、息ができなくなる。

必死に、鼻で息を吸い、そして吐いたとき「んっ……っ」と声が混じり、それがどうしてか、恥ずかしい。

ソリルの掌《てのひら》が脇腹を擦《さす》るように撫《な》で上げるが、その手は冷たい。

だが、ソリルの手だ……セルーンに茶と煎り栗を渡してくれた、自分の馬に乗せるために差し伸べてくれた、あの手だ。

一瞬浮かんだそんな思いを、慌てて頭の隅に押しやろうとする。

指先が乳首を掠《かす》め、ひやりとした感触に思わずびくりと身体をすくめると、ソリルはその小さな乳首を二本の指で摘まみ、引っ張った。

その瞬間、セルーンの腰の奥がずきんと痛んだ。

ソリルはセルーンの反応をどう思ったのか、執拗《しつよう》に乳首を弄《いじ》る。摘まみ、押し潰し、捏《こ》ねる。最初はただ、ソリルの指が冷たいと思っただけだったのに、次第にむき出しの神経に触られているような、痛みに似たむずがゆさに変わっていく。

その間にも、ソリルの舌がセルーンの舌に絡み、緊張していたセルーンの顎からいつしか力が抜けていく。舌を吸われ、ソリルの口内に誘い込まれ、そしてソリルの歯で噛まれ、舌の付け根に一瞬痛みが走るが、ソリルの歯が混じり合った唾液《だえき》でぬるりと辿り、舌を扱《しご》かれるような動きになって、セルーンの後頭部に痺《しび》れが走った。

すべての動きが乱暴で、それが欲望にかられてというよりは、あくまでもセルーンを支配するという目的のためだとわかる。

それに抵抗したい、でもするべきではない、そんな考えも……ソリルの舌と手の動きを頭の中で追っているうちに、頭の中でちりぢりになっていく。

と、ぎゅっと強い力で乳首を摘ままれ、同時にソリルの唇がセルーンの唇から離れた。

「んっあっ……っ」

自分でも驚くほど大きな声が解放された唇から洩れて、セルーンは思わず赤くなった。

ソリルは冷たい瞳でセルーンを見下ろしているが、その唇は唾液に濡《ぬ》れて光っていて、セルーンがどうしてか目を離せなくなっていると、その唇が歪んだ笑みを浮かべた。

「どうやら楽しませてくれそうだな」

皮肉めいた言葉の意味を理解する前に、ソリルは片手でセルーンの両手首を掴み、頭の上に縫い止める。

そのまま、セルーンの胸に顔を伏せると、今まで弄られていたのとは反対側の乳首をいきなり唇で吸った。

「……っふ、あっ」

ぞくぞくっと痺れるような感覚が全身に走る。

尖《とが》らせた舌先で転がし、唾液を塗りつけるようにねっとりと舐《な》め——身体の中にざわざわと熱のようなものが溜《た》まっていくのが怖い。

これは、なんだろう。

ソリルのすることを、ただ歯を食いしばって耐えていればいいと思っていたのに。

これは、何かが、違う。

乳首をねぶりながら、ソリルの手はセルーンの脇腹を撫で下ろし、腰骨を撫でてから腹の上を辿って、淡い叢《くさむら》をかき分けるようにして、セルーンの怯《おび》えた性器を握った。

「あっ、あ、やっ」

驚いて身を捩《よじ》ったが、頭上で手首を押さえ込んでいるソリルの手はびくともしない。

そこを触るのは知っている。自分でだって、溜まったものを出すために触ることはある。

だが……頭で「知っている」のと、実際に、誰かの——ソリルの——手で触られるのは、まるで違う。

ソリルの手はセルーンのものを緩く握って上下しはじめた。指の腹で先端を撫で、時折強弱を付けて揉《も》むように握り、そしてまた根元から先端まで擦《こす》り上げ……

じわじわと、快感が生まれ、セルーンの身体に沁《し》みとおりはじめる。

「んっ……っ、やっ、あっ……っ」

セルーンはなんとかその快感をどこかに逃がしてしまいたいと、首を左右に振った。

くちゅくちゅと湿った音が響きはじめ、それが自分の性器が流している涙だと気付いていたたまれなくなった。

ソリルがそんなセルーンの様子を、観察でもするかのようにじっと見つめているのが、恥ずかしく、情けない。

それなのにセルーンは、一瞬その瞳の中に、昔のソリルの抑えた悲しみや寂しさを宿した瞳を見たような気がして……次の瞬間、腰の奥から何か熱いものがせり上がってきた。

腿《もも》がひくひくと震えだし……

「あっ……あ、あ、あっ」

だめだと思ったときには止めようもなく、ソリルの手の中に、放っていた。

なんということだろう。こんなに簡単に、ソリルに屈してしまったのだ。

達する瞬間きつく閉じた瞼《まぶた》をおそるおそる開けると、ずっとセルーンの顔を見つめていたらしいソリルの瞳の中に、先ほどまではなかった、物騒な熱が籠《こ》もっている。

「……なるほど、なかなかの見物だった」

唇の端でかすかに笑い、それからセルーンの手首を解放する。

「それで？　小娘か貴婦人のように、ただされるがままなのか？　俺はお前をただ悦《よろこ》ばせるためにここにいるわけではない」

セルーンはぎくりとし、身体の熱がさあっと冷めていくのを感じた。

そうだ、もちろん。セルーンがいかされただけで終わりのはずがない。

だが……セルーンには、どうしたらいいのかがわからない。

身体を起こし、セルーンはおずおずと尋ねた。

「ど……どうすれば……」

ソリルが不機嫌そうに眉を寄せる。

「こちらからいちいち言わなくてはいけないのか」

セルーンの顎を片手でぐいっと摑み、親指を唇の中に押し込んでくる。

「ここが、どんなものか試してみよう」

一瞬なんのことだかわからなかったセルーンだが、ソリルが意味ありげに親指で口の中を探る動きと、耳にしたことがある男たちの猥談がふいに結びついた。

口で……口で、ソリルを愛撫《あいぶ》しろと……そういう意味だ。

できるだろうか。できるような気がしない。でも……やらなくてはいけない。

ちゅぷっと音を立ててソリルの指が口から引き抜かれた。

そのままソリルは、あぐらをかいて座る。

セルーンはおそるおそる、そのソリルの前に跪いた。

愛撫するためには……衣服の前を、開けなくてはいけない。

腿まで被る上着を左右に分け、下袴《したばかま》の紐に手をかける。

震える指で紐を解《ほど》き、前を開けると、黒々とした叢の中にソリルのものがあった。

まだ眠っているそれを、思い切って両手で探って空気にさらすと、手の中のものがぴくりと動いてわずかに頭をもたげる。

さきほどソリルの手が自分にしたことを思い出しながら両手で掴み上下に擦ると、ゆっくりとそれは芯を持ってきた。

だが、これだけではいけない。求められているのは……口だ。

セルーンは思い切って、ソリルの先端に唇をつけた。

塩辛い汗の味。

何度か口付け、それから思い切って唇を開き、自分の中にソリルを迎え入れる。

滑らかな先端に、かすかにセルーンの歯が触れると、

「歯を立てるな」

厳しい声でソリルが言った。

そうだ、もちろん、敏感な場所なのだから……やわらかい部分で触れなければいけないのだろう……舌、とか。

ぎこちなく先端からくびれにかけてを舐めると、両手で握り締めたソリルの性器はぴくんぴくんと脈打ちながら、さらに固さを増していく。

だが、それからどうすればいいのだろう……と思っていると、ふいにソリルの手がセルーンの頭を押さえつけた。

「……っ……！」

深くソリルを咥《くわ》えさせられ、喉《のど》の奥を突かれる。

一瞬えずきそうになったが、ソリルの手が今度は頭を持ち上げたので、ようやくセルーンは、求められていることがわかった。

手で扱くように……唇で、愛撫するのだ。

とはいえ、自分でも動きがぎくしゃくしているのがわかって、ソリルが望むようにできているのかどうかまるでわからない。

それでも必死に、なんとか手の助けも借りながら、唇を窄《すぼ》めて顔を上下させていると、次

第にソリルのものが熱と嵩《かさ》を増し、口の中いっぱいに膨れあがった。

苦しい。

と、ソリルの身体が少し動き、セルーンの背中の上をソリルの手が這っていくのがわかった。

腰から尻にかけてを数度撫で、そしていきなり、奥の狭間《はざま》に指を突き立てられる。

「――っ！」

セルーンは驚きと痛みに思わず全身を硬直させた。

指は無理矢理にねじ込まれてくる。

そこを……そこを男の場合は使うのだと、知ってはいる。

だが、無理だ。

セルーンの両拳《りょうこぶし》を重ねて余るほどになっているソリルのこの剛直を、そんなところに受け入れられるわけがない……！

しかしそれでも、男たちがやっていることだ。何も人質だけが拷問《ごうもん》のようにこんな目に遭うわけではなく、「馬を並べる関係」の男たちだって普通にしていることだ。

だったら……我慢できないわけがない……と、思うのに、指がさらに深く入ってこようとするのを、セルーンの身体は勝手に拒む。

口の中で膨れあがったものに呼吸を阻《はば》まれたまま、セルーンは全身を強《こわ》ばらせた。

するとソリルの指が止まり……引き抜かれた。

「おい」

セルーンの頭を摑んで、仰《あお》のかせる。

「……んあっ……っ」

口の中からソリルのものが逃れ出ていき、糸を引いた唾液が唇から垂れているのを感じながら、セルーンは大きく息を吸い込み、咳《せ》き込んだ。

瞬きをすると、目尻から涙が零《こぼ》れていく。

ソリルがセルーンの顎を摑んで、視線を合わせる。

「お前……まさか」

眉を寄せたソリルの目には、怒りのようなものが浮かんでいる。

何か失敗をして、ソリルを怒らせたのだろうか。

しかし次の言葉は、少し戸惑った、抑えたものだった。

「お前、経験がないのか、全く」

セルーンが無言でいるのを答えと悟って、舌打ちする。

「お前のような者をこの年になるまで放っておくほど、お前の一族の男どもが腰抜けとは思わなかった」

誘いはあった。ただ、セルーンがその気になれずに断っていただけだった。

それが今、ソリルにとって問題になることなのだろうか。

結婚していない……誰のものでもない身体を望みながらも、完全に未経験なのも、面倒だということだろうか。

思ったような相手ではなかったということは、何を意味するのだろう?

人質としての価値がないと思われ、返されるのだろうか。

そして代わりに、次兄とか、姉たちの誰かを要求するのだろうか。

混乱しながら、それはだめだ、とセルーンは思った。

しかしだからといって、続けてくれ、このまま抱いてくれという言葉はどうしても出てこない。

それに、ソリルのものは完全に猛《たけ》っている。

自分がそうしたのだ……責任は取らなくてはいけないとも、思う。

セルーンは無言で、もう一度ソリルのものに手を伸ばして両手で包み、再び唇をつけようとした。

「……ったくっ」

苛立ったように言ってソリルがセルーンの身体を押しのけたかと思うと、俯《うつぶ》せにひっくり返した。

「え……え、あの」

戸惑うセルーンに、

「煽《あお》ったお前が悪いと思え」

そう言ったかと思うと……ソリルはセルーンの狭間に顔を近づけ、そしてそこに唇をつけた。

ぬるりと熱い感触に、セルーンの身体がびくりと震えた。

「な……、なっ、やっ……っ」

「お前が楽なようにしてやるだけだ」

そう言ってソリルは、逃げを打つセルーンの腰を押さえ込み、片手を前に回して、先ほど達して萎《な》えているセルーンのものを再び握る。

「あ……っ」

前をやわやわと握られながら、窄まりを舌でつつかれる。唾液を塗り込めるように舐められると……セルーンの身体に、何か熱いものが点った。

先ほどまでとは違う……乱暴さが消えて、セルーンを感じさせようと、どこか優しいとすら感じる、ソリルの指と舌。

巧みに性器を愛撫しながら、セルーンの後ろを舐め蕩《とろ》かしていく。

やがて指がつぷりと中に沈み、内壁を撫でられると、セルーンの腰の奥からむずむずとした痺れが全身に広がった。

なんだろう、これは。

「んっ……ぅ……くっ、んっ……っ」

寝台の毛皮に額を押し当てて、いつしかセルーンは甘い呻《うめ》きを洩らしていた。

指が抜き差しされるのにつられて、腰が揺れてしまう。そうすると、セルーンの手に握られた性器が擦られて、また腰が動いてしまう。

全身がしっとりと汗ばんでくる。

「んっ、あ、あ、やっ……っ」

指が増える。広げられる息苦しさと痛みは、さすがにある。

しかしその、後ろをほぐされる熱いような痛みが……前を弄られる快感と身体の中でひとつに繋がっていきそうに感じる。

気がつくとソリルの指の動きを頭の中で追っていて、息が弾み、浅くなってくる。

ふいに、じゅぷっと音を立てて指が引き抜かれた。

「うあ！」

それが思わぬ刺激になって思わず声を上げる。

「そのまま、腰を上げて力を抜いていろ」

背後でソリルが抑えた声で言い……熱く固いものが押し当てられたのがわかった。

そしてその瞬間、自分のそこがひくついたのも。

ぐぐっと、ソリルのものが入ってくる。

力を抜けと言われても緊張して身体は強ばってしまうが、性器を数度扱かれ、頭がその快感を追いかけた隙に、ソリルがぐっと腰を押し付けてきた。

「ふっ……く、んっ……うぅ……う、あ、あ——っ」

内壁を擦りながら、熱の塊がセルーンの奥深くへと押し込まれた。

「いっ……っ」

痛い。それは当たり前だ。

あんなに大きな異物を身体の中に押し込まれているのだから。

薄い皮が引き攣《つ》れて裂けてしまいそうな鋭い痛みと、内側から押し広げられる鈍い痛みの両方で、セルーンの腿がぶるぶると震える。

でも……耐えなくては。

「力を抜け」

ソリルがそう言って、セルーンの臀《しり》を軽く叩いた。

「お前のためだ。深く息をしろ、力を抜くんだ」

そのソリルの声が、何か堪《こら》えるような、湿った響きを含んでいる。

セルーンは言われたとおり、なんとか深い呼吸をしようとした。

その間に、不自然に広げられた部分が馴染《なじ》んできたのか、裂けるような熱い痛みは薄れて

くる。

それを悟ってか、ソリルがゆっくりと中に突き入れた。

「あ――っ、あっ」

ぞくぞくっと背中を快感が駆け上がった。

様子を見るように浅い場所で数度抜き差しし、そして一気に奥を突く。

「ぅあっ」

鈍い痛みと鋭い快感が、同時にセルーンを襲う。

だが内壁を擦るように何度もソリルのものが往復するうちに、セルーンの中は次第に蕩け、そして引き攣るようにソリルを締め付けはじめた。

「くっ……締める、なっ」

呻くようにソリルが言って、またセルーンの臀を軽く叩く。

セルーンは寝台に額を押し付けた。そうすることでより腰が高く上がる格好になってしまうが、そんなことを気にする余裕などない。

中が次第に馴染んで辷りがよくなってくると、ソリルは両手でセルーンの腰を抱え、自分の腰を打ち付けはじめた。

角度を変えて擦られ、浅く抜き差ししたかと思うと奥を突く。

その動きにセルーンは完全に翻弄《ほんろう》された。

自分の中を行き来するソリルのことしか考えられなくなる。

熱い。苦しい。そして……おそろしく気持ちがいい。

自分が堪えているのが、苦痛なのか快感なのかすらわからない。

頭の中が真っ白に灼《や》けていくようだ。

「ああ、あ、やっ……あっ」

声が止められない。

ソリルは無言だが、その息が次第に荒くなっているのはわかる。

まだ膨らむ余地があったのかと思うくらいにソリルのものがセルーンの中をみっちりと満たし、さらに動きが深く、そして速くなる。

もうだめだ、とセルーンは思った。

触れられてもいない自分の性器が、再び張り詰め、そして限界を迎えている。

と、まるでそのときを見計らったかのようにソリルの手が再びセルーンの前に回った。

打ち付ける腰と連動するように、ソリルの手がセルーンを促すと、腰の奥にわだかまっていた熱の塊が限界まで膨れあがり――

「……あぁ……っ……あ――」

背中をのけぞらせて、セルーンは達した。

「……っ……くっ……」

同時に、最後に強く奥を穿《うが》って、ソリルの動きも止まる。

出ている……自分の中で……ソリルのものが脈打ちながら熱いものを数度に分けて吐き出しているのが、わかる。

やがてずるりとセルーンの中からソリルのものが引き抜かれ、セルーンは俯せのままぐったりと寝台の上に横たわった。

「……ぅ……ふ、う……」

これまで経験したことのない絶頂がようやく収まってくると同時に、ソリルが寝台から身を起こしたのがわかった。

セルーンが重怠《おもだる》い身体をなんとか起こそうともがいているうちに、ソリルはさっさと寝台から降りて立ち上がる。

手早く下袴の前を閉めているのを見て、セルーンは、自分は全裸だというのにソリルは上着を脱いですらいなかったのだと気付く。

「ソ……」

呼びかけようとして、今の自分がソリルを名前で呼んではいけないのではと気付いた。

なんと呼びかければいいのだろう？

人質は征服者をなんと呼ぶべきなのかセルーンは知らない。

迷っているセルーンに一瞬視線を向け、ソリルはわずかに眉を寄せた。

何か言おうとするように唇を開きかけ……そして、閉じる。

そのまま踵を返し、扉を開けると振り向きもせずに幕屋から出て行ってしまった。

セルーンは再び閉まる扉を見つめた。

なんとか起き上がって立ち上がろうとした瞬間、ソリルが放った熱いものが、自分の中からどろりと流れ出し、腿を伝うのがわかる。

セルーンは唇を噛んで、その異様な感触に耐えた。

……ソリルに抱かれた。

だがそれは、征服者と人質の関係であって……ソリルとセルーン、ソリルとアリマ、という人間同士の関係ではない。

覚悟していたつもりだったのに、想像していたよりもずっと身体は悦び、そして心が傷ついたように思う。

ソリルはセルーンを覚えておらず、ただの人質として扱った。

それなのに……行為の途中で、セルーンが未経験と気付くと、そこからは優しくなったように思う。

それは確かだ。

だとすると、ソリルはソリルなのだろうか。

過ぎた年月の間に何があってソリルをあんなふうに冷たい人間にしたのかわからないけれ

ど、深い部分は変わっていないのだろうか。

もしそうなら……ソリルの心の深い部分を見たい、知りたい、とセルーンは思った。


「いつまで寝ている、起きろ」

乱暴に幕屋の扉を開けたのは、あの刀傷の男だった。

まだ朝日も差さない早朝だ。

二枚の毛皮の間に潜り込んでいたセルーンは慌てて身体を起こした。

腰の奥が重苦しく鈍い痛みに疼き、思わず唇を噛んで堪える。

男はその様子を見て不愉快そうに鼻に皺《しわ》を寄せ、セルーンを睨みつけた。

「初夜を済ませた姫君、というわけか。あの方も何を考えているのか」

吐き捨てるように言ってから、声を荒げる。

「出発だ。急いで支度をしろ」

「出発……どこへ……」

「お前の知ったことではない」

男はそう言って、幕屋の戸を閉めもせずに出ていく。

セルーンは急いで起き上がろうとしたが、腰が重く、足がもつれる。ソリルを受け入れた部分は熱を持って腫《は》れているような気もする。

なんとか起き上がると、昨夜身体を清めるときに脱いだままの衣服を前に抱えて扉を閉めようとし、幕屋の周囲に兵たちがいて、にやにやと自分を見ているのに気付いた。

彼らには……セルーンが昨夜ソリルに抱かれたことは知れ渡っているのだろう。

もしかしたら、セルーンがあげたあられもない声も聞かれてしまったかもしれない。

セルーンは扉を閉め、唇を噛んだ。

それが自分の役割だ。人質としての。恥じることはない……だが慣れてもいけない。

きびきび動けない自分をもどかしく思いながら、なんとか衣服を身につけ、幕屋の外に出る。

すぐに兵たちがセルーンのいた幕屋を畳みにかかった。

見渡すと、そこここにあった幕屋はすべて畳まれ解体されて馬に積まれ、兵たちもみな、旅支度を調えてそれぞれに馬に乗り、隊列が整えられつつある。

ソリルはどこにいるのかわからない。

「お前はこれだ」

刀傷の男がセルーンに一頭の馬を示す。

セルーンとて草原の男だ。馬に跨がるくらいなんでもないはずなのに、足が重い。

なんとか跨がるとすぐに「あの列についていけ」と指示され、前後を兵に囲まれた状態で、方角もわからないままに進み始める。

しかしそれは、思いもよらぬ苦痛だった。

ソリルに貫かれた場所が、馬に揺られることで刺激を受け、ずきずきと痛む。

馬の身体を挟む内腿を締めようとすると、下半身全体に鈍痛が走るようで、うまく力を入れられない。

「……っ」

セルーンは馬に不慣れな子どものように、手綱を持ったまま両手で鞍にしがみついた。

馬は従順で、脚のしっかりしたいい馬だとわかる。

揺れが少ない、右前足と右後ろ足を同時に出す側対歩の訓練を受けている、珍しい馬だ。

こんな馬を与えて、逃亡を警戒していないのだろうか。

ソリルは昔、夜陰に紛れて逃げた。

人質に逃げられれば、周辺の国の笑いものとなり、侮られるもととなる。

だがあのとき、セルーンの国はいくつか紛争を抱えていてソリルを深追いするどころではなかった。ソリルにはそんな状況もわかっていたのだろう。

セルーンが今逃げれば、ソリルに一矢報いるかたちになり、セルーンの一族の士気は上がるだろうが……その先にあるのは再びの戦だ。

そしてその戦に、セルーンの国が勝てるとは思えない。

何より、今のセルーンの身体では、そう遠くまで馬を走らせることなどできはしない。

そんなことすらソリルは計算していたのだろうか。

ぼんやりそんなことを考えながら隊列に従っていても、身体の状態はよくなるどころか、いつしか全身が怠くなってくる。

しかし、セルーンが辛そうにしていると、周囲の兵がにやにや笑いながら小声で何か言い合っているのがわかり、こんなふうに侮られてはいけないと、セルーンは気持ちを引き締めた。

無様な真似はできない、してはいけない。

そんな状態で、旅はまる三日続いた。

セルーンには、自分の国の国境を越えてひたすら西に向かっていることだけがわかる。

幕屋も張らない野営で、兵と同じ馬乳や茶、パンを与えられたが、ソリルの姿を見ることはない。

永遠に続くような平原の彼方《かなた》にある、万年雪をいただいた山々が近付く気配もないと思っていたのに、やがて気がついたら西の方にも別の山々が姿を現しはじめた。

そろそろこの旅は終わるのだろうか、目的地についたらゆっくり身体を休めることはできるのだろうか、とセルーンがそれしか考えられずにいると……

「都が見えた！」

「帰ってきたぞ！」

ふいに周囲の兵たちが浮き立った声をあげ、セルーンははっとして前方に目をこらした。

そこには、見たこともないような風景が広がっていた。

数百はあるかと思われる大小の幕屋の群れ。

それが、整然と並んでいる。

幕屋の外側はフエルトそのままではなく、それぞれに錦布で覆われていて、きらびやかな輝きを放ち、似たような大きさごとにいくつもの区画に分かれて、その間は通り抜けのできる道になっている。

真ん中に一本、特に広い、馬が二十頭は並ぶほどの広い道が通っていて、その突き当たりにひときわ大きくきらびやかな布で覆われた幕屋があり、それがこの中でも特に重要な幕屋だと言うことは一目でわかった。

いくつもの幕屋が複雑に組み合わされた、セルーンがこれまで見たこともない巨大で豪壮な幕屋で、広い入り口の左右には背の高い木の柱が立ち、細い五色の布が垂れ下がって、入り口を縁取っているように見える。

中央の道から左右に分かれた道沿いの幕屋の前には商人が品物を並べ、そして老人、女、子どもたちが飛び出してきて、歓声を上げて兵たちを出迎えている。

セルーンは呆然として、そのすべてを見つめた。

都。

兵はそう言った。

都というのが、国の中心となる場所であるとは、セルーンも聞いたことがある。

しかしセルーンの乏しい知識の中では、国の中心というのはその時々の族長の宿営地のことで、それを少し気取ってそう呼ぶ国もあるのか、くらいに思っていた。

だが今目の前にあるのは、そんな宿営地ではない。

幕屋は幕屋なのだから解体して持ち運ぶことはむろん可能なはずだが、これだけ飾り立てられ、組み合わされていれば、すべて解体するには相当な時間がかかるだろう。

つまりここは……短時間で移動することなど考えていない場所なのだ。

常にここにある、国の中心地。

それが、都。

いったいどれだけの数の幕屋があり、何千人が一度にここで暮らしているのか。

これは……ソリルが作ったのだろうか。

三つの国をまるで一つの国のように指揮し、草原の常識では考えられないこんな都を作り上げて、ソリルは何をしようとしているのだろう。

そんなことを切れ切れに考えつつも、身体が重く怠くて、とにかく早く馬を下りたいと、その考えばかりが先に立つ。

すると前方から、あの刀傷の男を乗せた馬が駆け寄ってきた。

「お前は西端の、人質の幕屋だ。三人、俺と来い」

男の指示で、三人の兵が隊列から分かれ、セルーンの乗った馬を取り囲む。

そのまま本隊から離れて、立ち並ぶ幕屋の間の横道に入る。

かなりの距離を進み、とうとう幕屋の群れが終わる、都のはずれ近くまで来て、整然と並ぶ他の幕屋から少し離れて五つほどの幕屋が並ぶ場所に着いた。

刀傷の男の合図で、兵たちと、セルーンの馬が止められる。

男はセルーンに告げた。

「お前は女たちの幕屋だ。何しろあの方の『女』なわけだからな」

その声音に侮辱がありありと混じっている。

そして確かに、中央の幕屋の前に、女たちが立っていた。

「新入りだ、適当に仲間に入れてやれ」

刀傷の男が馬上からそう言うと、女たちは驚いたようにセルーンを見つめ、それから互いに顔を見合わせ、そして一人が一歩進み出る。

頭を蚕《かいこ》の繭《まゆ》のように大きな布ですっぽりと包んだ、見慣れない服装の女だ。

年は三十手前くらいだろうか、布に包まれた顔は気品があって美しいが、どこか寂しげな瞳をしている。

「ザーダルさま、先触れの方に伺ってはおりましたが……その方は、私どもと同じ扱いを受ける方とは見えません」

「同じだ、ただの女だ。王がそう決めた」

刀傷の男はザーダルというのか。

そして王とはなんだろう。ソリルのことをそう呼ぶのだろうか、とセルーンが思っていると、女は静かに頭を下げた。

「王のお望みならば……私どもでお世話致しましょう」

「世話をするのではない、同じに扱うのだ。下りろ」

ザーダルに促され、セルーンはとにかくようやく当座の目的地についたのだとほっとしながらなんとか馬を下りた。

よろめきかけた身体を叱咤《しった》して、なんとか両脚で地面に立つ。

そのままセルーンが乗っていた馬の手綱を兵の一人が摑み、無言で向きを変えるザーダルに従って、都の中心へと戻っていく。

そしてセルーンは、戸惑っている女たちの前に、一人取り残された。

とにかく……とにかくきちんと、挨拶をしなくては。

「……私は、セルーン……」

名乗りながら両肘《りょうひじ》を張って胸の前で両手の拳を合わせ、女性に頭を下げた瞬間、ぐらりと地面が揺れたような気がした。

「あ……」

膝《ひざ》の力が抜ける。

きゃ、と女たちから小さな悲鳴が上がり、そしてセルーンの前に膝をついた一人の女が、躊躇いながら額に手を当てた。

「熱い。なんということでしょう、大変な熱が」

「まあ、どうしましょう」

熱か、この身体の怠さはそういうことか、とセルーンは頭の片隅で納得しつつ、女たちに迷惑をかけてはいけないと思い、起き上がろうともがいた。

優しい手が、セルーンの肩に置かれる。

「そのまま。今、男手を呼びますから、そのままで」

その声に続いて、

「どうしましょう、男の方を私たちの幕屋には入れられませんが」

「あちらの、布類や布団を収めてある幕屋に、場所が作れるのではないかしら」

「そうね、急いで」

女たちの声と走り回る足音が聞こえるのを感じながら、セルーンの意識は途切れた。

目を覚ましたとき、セルーンは自分がどこにいるのかよくわからなかった。

真上に見えているのは、幕屋の天井だ。

木の骨組みと、中心にある煙出しの穴は見慣れたもの。

しかし……周囲の壁には、見慣れない布類や布団が積まれている。

そうだ――ここは。

セルーンはがばっと身を起こした。

小さな幕屋の中に、セルーンは一人でいた。

しかしかまどには火が焚かれているし、身体の上には布団がかけられていて、傍らには水の入った手桶《ておけ》が置かれている。

手の届くところに盆も置かれていて、馬乳や果物など、軽く口に入れられるものも用意されている。

煙出しの穴から見える外は暗く、外は静まり返っていて、夜なのだとわかる。

熱を出し、ここに着くなり倒れたのだ、とセルーンは思い出した。

そして誰かが……人質の女たちが、セルーンの看病をしてくれたのだろう。

いきなりそんな面倒をかけて、申し訳なく情けない、と思う。

どうやら熱は完全に下がっているようで、身体は軽い。

ソリルと繋がった部分だけはまだなんとなく違和感があるが、痛みは消えている。

そしておそろしく喉が渇いていて、用意されていた馬乳や果物を口にすると、再びセルーンは横になった。

これから、見知らぬ土地での生活がはじまる。

どんなふうに、どんな人々の中で生きていくことになるのだろう。

そしてこの、人質としての日々は、どれだけ続くのだろう。

いつ国同士の平衡が変わって国に戻れるのか。もしかしたら国が滅びて一生戻れないかもしれない……そうしたら、何を頼みに生きていけばいいのだろう。

ソリルも、こんな思いで日々を過ごしていたのだろうか。

ソリルには馬は与えられていたが、たった一人だった。

セルーンには馬はないが、少なくとも都の一角に住むことになりそうだ。

セルーンを出迎えた女たちがどういう人々なのかわからないが、少なくとも具合が悪いときに気を配ってくれる人は身近にいるということだ。

そう考えると、ソリルよりはまだ、ましな状況に置かれたのだろうか。

そのソリルに再び抱かれることになるのは、いつなのだろう。

毎回熱を出していてはどうしようもない。今回は、はじめての行為の直後に三日間の行軍があって、身体も気持ちもついていかなかったのだろう。

苦痛ばかりではなかった。

快感は確かにあった。

そして……セルーンに全く経験がないと気付いてからのソリルは、屈服させるための乱暴さが消え、確かに優しかった。

ソリルに抱かれることは、ソリルと二人きりになることだ。

自分が望んでいるのは、そういう時間だ。

だからソリルがセルーンの身体を求めるのなら、セルーンはそれをソリルに差し出す。

これからはじまるのはそういう日々だ。

そしていつか……ソリルが昔のように、セルーンに心を開いてくれたら。

そんな日が来るのだろうか。

とりとめもなくそんなことを考えながら、眠りの訪れをひたすらに待ち、セルーンは寝返りを打ち続けた。


朝の訪れは、幕屋の外のざわめきでわかった。

起き上がると、夜中に目覚めたときよりもさらに身体は軽くなっている。

衣服を整えて幕屋の外に出ると、そこは確かに、数百の幕屋が立ち並ぶ都のはずれだった。

セルーンの幕屋の前を通りかかった、まだ少女とも言えそうな一人の若い女が、出てきたセルーンに少し驚き、

「ナランさま！　ナランさま、お目覚めです！」

叫びながら、大きめの幕屋のほうに駆けていく。

数分後には、女たちがセルーンを取り囲んでいた。

セルーンは少し戸惑いながらも、まずは頭を下げた。

「着く早々に、ご面倒をおかけいたしました。改めまして、セルーン・サルヒと申します」

あの、蚕の繭のように布で頭をすっぽりくるんだ女性が頭を下げる。

「ご丁寧にありがとうございます、ナランと申します。ここにおりますのは全員が他国から王の側室として召された者たち。あなたも同じ立場と伺いました」

セルーンは思わず女性たちを見た。

おそらく太陽を意味する名のナランが一番年上、若い女性はまだ一五、六と見える、五人の女たち。

少しずつ服装が違うのは、生まれた国が違うせいだ。

この全員が同じ立場……人質として差し出された側室たちなのか。

セルーンは自分以外の、ソリルが閨《ねや》に呼ぶ「誰か」の存在を想像していなかった。

だが、ソリルの立場を考えれば、複数の女がいて当然だ。

ザーダルがセルーンを女たちの中に「同じ扱い」として放り込んだのは、そういう意味だったのだ。

つまりセルーンは彼女たちと同列、いや、それどころか一番下に置かれる新入りということなる。

つまりソリルにとってセルーンは大勢の中の一人に過ぎないのか、と……胸の奥がずきりと痛んだが、なんとかそれを意識の外に追いやる。

「では……ではあなたが、第一の奥さまでしょうか」

セルーンはナランに尋ねた。

側室たちを束ねているのなら、そうとしか考えられない。

しかしナランはかすかに微笑んで首を振った。

「正式な夫人を、王は置かれません。みな、同じ立場です。私は年長なので、みなさまを代表しておりますが」

ここに着いたときにも耳にした「王」という言葉にセルーンは戸惑う。

「王、というのは……」

「あの方を、男の方たちがそう呼ぶのです。ひとつの国を率いるただの族長ではなく、いくつもの国を束ねる方をそう呼ぶのだ、と」

いくつもの国を束ねる。

ただの族長ではない、特別な人間の称号、ということなのだろうか。

「この、都の外れの一角で、私どもは静かに暮らしております。召使いたちは女ばかりですので、ご病気の際は別として、普段あなたの幕屋のことをお世話できる男の子を、ザーダルさまにお願いしなくてはと思っていたところなのですが」

ナランの言葉に、セルーンは慌てて首を振った。

「それは必要ありません、私は自分のことは自分で……それにもし力仕事が必要でしたら、お申しつけ下されば、なんでも致します」

女たちだけの住まいに自分が闖入《ちんにゅう》したことで、迷惑をかけないようにしなくてはいけない。

ナランは微笑んで首を振った。

「力仕事は力仕事で、担当する召使いがおります。必要なら召使いが、男手を呼びます。あなたが私たちと同じ立場のお方なら、彼女たちの仕事を取り上げてはいけません。でも、それでは当面幕屋の中のこと……掃除や、かまどに火を焚くことなどは、ご自分でなさっていただくことにいたしましょう」

「もちろんです」

セルーンは頷きながら、ここでは、人々の役割分担が明確なのだと感じていた。

そして側室たちの役割は、ソリルの閨に侍《はべ》ること。

しかしソリルは、こんな都の外れに側室たちを置いて、ここに通ってくるのだろうか、それとも自分の閨に呼びつけるのだろうか。

迎えるのだとしたら、何か準備や作法はあるのだろうか。

「あの……王のおいでをお迎えする際には……」

さすがに直截《ちょくせつ》には尋けないが、「側室」の立場で一番重要で知っておかなければならないことを、セルーンは躊躇いながら口にした。

「おいで？　王がここに？」

ナランは驚いたように尋ね返してから、セルーンの問いの意図に気付いたようで、笑って首を振った。

「ああ、そういう意味なら、王はおいでにはなりません」

不器用で遠回しな問いをあっさり見破られ、セルーンは赤くなった。

しかし「おいでにならない」とは……どういう意味だろう。

ナランは穏やかに続ける。

「私たちは人質としてここにおりますし、処遇は王の側室ですが、王が私たちのもとに来ることはありません。私たちはここで、身を寄せ合って、静かに、娘たちのように暮らしているのです」

娘たちのように暮らしている。

「だとすると……お子は」

「王にはお子もございません」

ナランは小さく、ため息をついた。

「どれだけ国を大きくしても、あとを継ぐお子がなくてはどうなさるおつもりなのか、誰にもわからないのですよ」

人質を側室として遇しても、抱かない。

正式な第一夫人もいない。

子も作らない。

だとすると……ソリルはどうして、自分を抱いたのだろう。

女たちと自分の違いはなんなのだろう。

セルーンにはわけがわからなくなった。

「さあ、お話はこれくらいに致しましょう」

ふと気付いたように、ナランが口調を変える。

「あなたはまだ朝食を召し上がっていませんでしょう。誰か」

ナランの言葉に応じ、召使いの女が茶の入った土瓶と食べ物が載った盆をセルーンに渡してくれる。

その盆の中身を、セルーンは驚いてまじまじと見た。

くるみと干しぶどうをたっぷりと混ぜ込んだパンは、表面に溶け出したバターが浮いて金色に輝いている。

深い器がふたつあり、片方は羊の肉をたっぷりの野菜と一緒に煮込んだもので、もうひとつは揚げた魚を香りのいい汁に浸してある。

なんという贅沢《ぜいたく》な食事だろう。

新年の祝いのようだ。

遠来の商人からしか手に入らない珍しい野菜や香辛料を、普段の食事にこんなふうにふんだんに使っているのだろうか。

気がつくと都中の幕屋からいい香りの煙が立ち上っているようだ。

「驚きましたでしょう、私も最初はそうでした」

言葉を失っているセルーンに、ナランが微笑む。

「ここは豊かな国ですし、都というのは商人がここをめざし、遠くからさまざまなものが集まってくる場所なのだそうですよ」

「……そうですか」

驚きながらセルーンはそう答えるしかない。

ソリルの都は、何から何まで驚くことばかりだ。

「食事はこちらで一緒に作りますので、ご自分の幕屋で召し上がってくださいませね」

ナランの言葉に、セルーンははっと我に返って頭を下げた。

「ありがとうございます。お手数をおかけしないように、何かお手伝いできることがあればなんでも致します」

召使いの仕事を取り上げてはいけないとはいえ、ナランたちだって何かしらすることがあるのだろう、と思ってそう言うと、ナランは笑って首を振った。

「私どもも、たいしてすることはなく、最初は困りました。今では縫い物や刺繍を教え合ったり、子どもたちに教えたりして過ごしております」

ソリル……王に子はない。

ということは、都の住人の娘たちに教えている、ということなのだろう。

確かに縫い物や刺繍に、セルーンの出る幕はない。

一般に、草原の女たちは働き者だ。

セルーンの国では、族長の妻や娘であろうとも皆、一日中よく立ち働いていた。

ここの女たちもそのように育ち、ここにいて衣食住の心配はなくただのんびり過ごせと言われてもそうはできず、進んで仕事を見つけているのだろう。

だがここで、自分にできることは、あるのだろうか。

ナランは気遣うように言った。

「私たちと同じお立場なら、外出は自由です。ただ、遠征が終わったばかりで街中は騒がしいですし、あなたのような方を人々がどう思うのかわかりかねるところがありますので、当面、散歩でもなさるのなら都の外へ向かわれた方がいいかもしれませんね。行ってはいけない場所は兵がいて止めますが、それ以外の場所でしたら大丈夫です」

徒歩で行ける距離は限られているし、おそらく常に遠くから見張っている兵がいて、その中でのささやかな「自由」なのだろう。

……かつてソリルがそうだったように。

「ありがとうございます」

セルーンは頭を下げ、朝食の盆を持って自分の幕屋に戻った。

少なくとも、ナランのような女性がいてくれてほっとする。女たちを任されているだけあって、細やかな気配りのできる、姉のような感じがする女性だ。

贅沢な食事を終え、午後までの長い時間をただ幕屋で過ごすのも確かに手持ちぶさたで、セルーンは外に出てみた。

人々が溢《あふ》れている都の中心に興味はあるが、ナランの言葉に従うなら、今日のところは外に向かってみよう。

都に背を向け、西の山々のほうを目指してみる。

少し歩くと、羊の群れを追っている人々が見えてくる。

荷を積んだ馬を引く男たちも遠くに見かける。

もちろん、一刻ほど歩いたからといって、山が少しでも近くなったような気はしない。

やがて、屋根をさしかけた井戸にぶつかった。

覗《のぞ》いてみると深く、底の方に澄んだ水が蓄えられている。

顔を上げてさらに西を見ると、遥か遠くにもう一つの井戸が見える。

もしや、と思ってセルーンはその井戸まで歩いた。

するとさらに山の方にもうひとつ。一列に井戸が連なっているのだ。

こういう連なり井戸のことは聞いたことがある。山の水を遠くまで引くために、縦穴を掘って、それを地下の横穴で繋ぐのだ。そうすると、乾季でも山のわき水を離れた場所の井戸に引くことができ、一年中水を得ることができる。

そう聞いてはいたが、セルーンの国は山に接しておらず、また縦穴を地下で繋ぐなどという技術の想像もつかなくて、セルーンの周囲の大人は誰も信じてはいなかったのだ。

しかしここ、ソリルの国では行われている。

そしてその井戸のおかげだろうか、井戸の左右に、羊が食べるような草とは色合いも丈も違う植物が帯のように茂っているのが遠くに見える。

畑だ。麦か米かわからないが、そういうものを栽培しているのだ。

セルーンの国では畑は成り立たず、米や麦は近隣の国から売りに来る商人から、羊の毛や革と引き替えて買っていた。

ソリルの国はどれだけさまざまな技術を持っているのだろうか。

と、その畑の方からゆっくりと、二頭の馬が近付いてくるのが見えた。

セルーンから見える位置で立ち止まり、近付くでもなく遠ざかるでもなく、馬上の人間がこちらを見つめているのがわかる。

見張りだ。

遠出できるのはこのあたりまでということだと悟り、セルーンは来た方角に戻りはじめた。

数日が経っても、セルーンは自分の置かれた立場に慣れるどころか、違和感ばかりが増していった。

女たちと同じ立場だと言われて女たちと一緒に置かれても、双方に戸惑いがあるばかりで、セルーンには自分のすべきことが見つけられない。

することがまるでなく、自分がここにいることの意味は見いだせない。

ソリルはもちろん全く姿など見せず、女たちの幕屋に食料や水などを補充していく男たちは、セルーンと話すことを禁じられてでもいるのか、それとも女たちと同じ立場に置かれたセルーンを軽蔑してでもいるのか、話しかけても答えないし、目も合わせない。

そんな中でナランだけは女たちを代表して日常のちょっとした会話はしてくれるので、セルーンはある日思い切って尋ねた。

「みなさんは……今のこの状況に満足しているのですか」と。

女たちは人質となるからには、側室となり、子を産み、もしかしたら第一夫人となってその子が跡取りになることを望む場合もあるだろう。

それなのにソリルは女たちを訪れもしない、これはある意味異常な状況だ。

女たちはそれをどう思っているのだろう。

ナランは静かに答えた。

「王のお考えは、私たちには理解できません。でも私たちは現実を受け入れるしかありませんから……進んでこの状況を受け入れるか、諦めて耐えるか、それしかありません」

確かにそうだ。

自分も、そのどちらかを選ぶしかないのだろうか。

するとナランは微笑んだ。

「でも、あなたは男の方ですから、私たちとは違います。運命に抵抗することもおできになるのかもしれませんね」

セルーンははっとした。

運命に抵抗する。

ソリルはかつてそうした。隙を見て逃げ出した。

では、自分にできる「抵抗」とはなんだろう。

自分は、ソリルの側《そば》にいられると思ったから、人質となる覚悟をしたのだ。

相手がソリルだからこそ、あの夜も耐えられた。

そして繰り返しソリルと肌を合わせることも、当然覚悟のうちに入っていた。

それなのに、ソリルの姿をちらりと見ることすらできない、こんな状態で、中途半端な人質でいるのは耐えられない。

――このままではいけない。この状態をただ受け入れていては。

ソリルに会いたい。会わなくてはいけない。

会って、どうして自分をこんな状態に置いているのか聞きたい。

そう思うと、いても立ってもいられなくなる。

それでも数日間、自分がどうするべきか、何をしたいのかを考え――ある朝、心を決めて
セルーンは、都の中心に向かって歩き始めた。

忙しく立ち働いている人々はセルーン一人が歩いていても気にも留めないように思ったのだが、ちらちらとこちらを見ている視線を時折感じる。

そして、都の中心の広い道に出たところで、ついに騎馬の男数人が駆けてきてセルーンの進路を塞いだ。

「どこへ行くつもりだ!」

「王に会いに」

セルーンが答えると、一人の男が脅すように刀を抜いた。

「女たちの幕屋へ戻れ。お前の居場所はあそこだ!」

そう言って、侮蔑の仕草で唾《つば》を吐き捨てる。

その瞬間、男に隙ができたのをセルーンは見逃さなかった。

男の手に飛びつくようにして、その手から刀を奪い取る。

「何をする！」

「こいつ！」

他の男たちが慌てて刀を抜き、セルーンも重い両刃刀を両手で持って身構える。

「止め立てするなら力尽くでも通ってみせる！」

たとえ傷だらけになろうとも、ソリルの前まで行ってみせる。

行って、自分をどうするつもりなのか問い、このまま飼い殺しになるつもりはないと言いたい。

自分の役割をはっきりさせたい。

なんとしてでも。

その思いが気迫となってセルーンを包み、男たちは手を出しかねている。

そこへ、また別の、一人の騎馬の男が、砂煙を立てて駆け寄ってきた。

「何ごとだ！」

あの刀傷の男、ザーダルだった。

「ザーダルさま、この人質が王に会いたいと」

「お前か、どういうつもりだ」

ザーダルが眉を寄せて馬上からセルーンを見下ろした。

「王にお会いしたいのです」

セルーンが刀を構えたまま答えると、

「王はお前などに用はない！　女たちの幕屋に戻れ！　言うことを聞かぬなら切るぞ！」

ザーダルが刀の柄に手をかける。

そのとき……

「待て」

静かな声が響いて、全員がはっとしてその声の方を見た。

「どけ」

同じ声が言って、男たちがセルーンを囲んでいた馬の輪を解く。

ゆっくりと、漆黒の馬に跨がった男がセルーンに近付いてきた。

ソリルだ。

もちろん、声を聞いた瞬間から、セルーンにもわかっていた。

馬の身体が湯気を立てているのは、遠乗りから戻ってきたところでもあるのだろうか。

ソリル自身は息を切らしもせず、セルーンを見て表情を動かすでもなく、感情のわからない顔でじっとセルーンを見つめる。

周囲の男たちはセルーンの刀から目を離さず、もしセルーンが彼らの王に危害を加えようとしたらすぐにでも飛び出し、身を挺《てい》す構えなのがわかる。

「で？」

やがてソリルが静かに尋ね、セルーンははっと我に返った。

「……あなたに会いたかったのです」

セルーンが言うと、ザーダルがくっと笑った。

「その身体が王を忘れられなくて、か。色狂いのようだな」

「そうなのか？」

ソリルの声にはザーダルのような侮蔑はなく、ただ淡々としている。

セルーンは、ザーダルの言葉は無視しようと決めた。

ソリルの目を真っ直ぐに見つめる。

「女性たちの中で無為に暮らすことは、お許しいただきたいのです。あの方たちにとっても私の存在は迷惑かと思います」

ソリルはわずかに眉を寄せた。

「それで、どうしたいと？　都を離れて、孤独な一人住まいをするのが望みか」

それは、かつてのソリルの境遇だ。

皮肉かもしれないが、今は聞き流すことにする。

「いいえ」

セルーンは首を振る。

「あなたの……王のお側でお役に立ちたいと思います。私はその覚悟で来たのです」

「王の閨《ねや》と寵愛《ちょうあい》を望むのか、この身の程知らずが」

ザーダルが吐き捨てるのを、ソリルは静かに手で制する。

「お前に何ができると？」

「お望みのことを。護衛でも、馬番でも、火の番でも……その他の勤めでも」

下働きでもいい、ソリルの側で何か「役割」を与えられるのなら。

そして……もしザーダルが言うように「閨」で仕えることをソリル自身が望むのなら、当然セルーンはその覚悟で来たのだから、従うつもりだ。

それで「寵愛」などが得られるとは思ってもいない。

すると……ソリルがわずかに、片頬を歪めた。

「俺が自分の側に置くのは、俺に全てを捧げる覚悟のある者だけだ。つまり、心も、だ」

どこか挑発的な響きだ。

セルーンには、ソリルに捧げる「心」などはないだろう、というような。

だが、セルーンには覚悟がある。

見知らぬ「王」ではなく、かつてのソリルをその内側に持つ王になら、自分の心を捧げられる。

「もともと、そのつもりで参りました」

そう言って地面に膝をつき、持っていた刀を傍らに置くと、胸の前で拳を合わせ、頭を下げる。

「捧げます、私の心を」

男たちがしんと静まり返るのがわかる。

ソリルがどう出るのか、固唾《かたず》を呑んで見守っている気配だ。

やがて……

「ならば」

ソリルが変わらない静かな声で言った。

「お前を私の側に置こう」

「王！」

咎《とが》めるようなザーダルに、

「もとより、寝首を掻《か》くような覚悟がなかったことは確かめてある。火の番、水の用意、幕屋の掃除など、やらせることはいくらでもあるだろう。お前はそれでいいのだな」

最後の言葉はセルーンに向かって言われたのがわかった。

ソリルが望むのはそういう、子どもの側仕えがやるような仕事なのだ。

閨の勤めを望むのならばそれでも構わないと覚悟していたセルーンは、ほっとしたような拍子抜けしたような気持ちになった。

「お心のままに」

セルーンはそう言って、さらに深く頭を下げた。

その日から、セルーンはソリルの幕屋の中で働き始めた。

幕屋と言っても、「王宮」と呼ばれる巨大な幕屋は、セルーンが知っているどんな幕屋とも違う。

複雑に組み合わされた幕屋の中は板や布で壁が作られ、いくつもの部屋に分かれている。

広い入り口を入ったところの巨大な空間は、儀式をする場所らしく、豪華な綾布が垂らされ、木の壁にはこまかな彫刻がほどこされている。

そこから右手に入ると、面会者が控える場所、護衛の詰め所、厨房《ちゅうぼう》などがあり、広間の左手には大臣と合議をする部屋や面会者と会う部屋など公的な部屋がいくつか。

そして広間の裏側、一番奥まったいくつかの部屋が、「王」の私的な空間だ。

衣裳《いしょう》、鎧、武具や馬具がおさめられた部屋、食事や寛《くつろ》ぎに使う広めの居間、そして寝室。

居間と寝室は、木の壁や扉ではなく垂れ布で仕切られている。

床には厚く毛皮と布が重ねられ、寄りかかれるような、固く詰め物をした大きな枕がいくつも配されている。

居間の中央には小さないろりが組んであり、常に香りの高い茶が温めておける。

それなのにやはり、ソリルの暮らしは贅沢にはほど遠い簡素なものだと感じる。

ソリル自身の嗜好のための贅沢品が全くないのだ。

壁の垂れ布なども、表の公的な空間に比べれば遥かに簡素に見える。

セルーンが与えられたのは、その居間をはさんで寝室と向かい合っている、やはり居間とは垂れ布で仕切られた小部屋だった。

もとは何か、季節ごとに取り替える絨毯《じゅうたん》や垂れ布の保管場所らしく、そういう布類がまだ重なっている中に、かろうじてセルーンの寝場所を作れた、という感じだ。

もともと王の私的な空間に側仕えが住み込むことなど想定されておらず、急遽《きゅうきょ》与えられた場所だが、不満はない。

朝、セルーンは居間に置かれた水がめから水差しに水を汲《く》み、顔を洗うソリルの側に、布を持って控える。

食事は、運ばれてきたものを居間の入り口で受け取り、給仕をする。

ソリルに指示をされたわけではない。

すべては、自分で「ここでこうしよう」と考えたことだ。

ソリルの食事は、この都の民すべてが味わっている豊かな食材が使われてはいるが、王の食事だからといって、特に豪華というものでもない。

量が多めなのは、朝の用がすべて済んだあと、セルーンが一人で急いで食べるぶんも含まれているからだ。

つまり、王も側仕えも、同じものを食べる。

ソリルが合議などで表に出てしまったら、セルーンは居間や寝室の掃除をし、ソリルが前日着ていた衣服の手入れをする。

セルーンは自分なりにあれこれ工夫した。たとえば、衣服を身につけるのにセルーンの手は借りないソリルが、少しでも着やすいように、手に取る順番に広げて重ねるとか、沓《くつ》の紐は履きやすいように緩めておく、などだ。

夜、冷えそうだと思ったら寝台の布団や壁の掛け布を足しておく。

厚く毛皮と布が重ねられた居間の床には、詰め物をした枕がいくつも置かれているが、その詰め物の固さを点検し、形を整え、使いやすいように配しておく。

一番大事なのは、居間の中央に組まれたいろりの火を絶やさないようにし、いつソリルが部屋に入ってきてもすぐに茶を出せるようにしておくことだ。

私的な空間に王がいる間は、他の人間は入ってこない。

だからこの静かな空間でセルーンはソリルと二人きりだが、ソリルはセルーンに直接視線を向けることもなければ個人的なことを話しかけたりもしない。

セルーンも、ソリルが自分にそのように接するつもりなのだと悟って、側仕えに徹して余計な口はきかないことに決めた。

数日経つと、ソリルには暇そうにしている時間などほとんどないことに気付いた。

セルーンの国に攻め入って勝ったことで、戦は一段落したらしいが、それでも朝食後はすぐに表に出てあちこちの情勢の報告を受け、一区切りついたら今度は国の中について側近たちと合議する。

セルーンは合議の部屋には入れないが、それでも洩れ聞こえてくる声から、人々の暮らし、家畜の様子、作物の実りなど、多くのことにソリルが直接関心を持っているのはわかる。

そして側近たちが、どれだけソリルに心酔しているのかも。

ソリルは公平で、何ごとにも私情を交えず、冷静に決断する。

合議が終わると、今度は民の誓願を直接聞く。

嵐の気配、家畜の病気、隣人との諍《いさか》い、井戸が涸《か》れたなどの心配事が、ある程度ザーダルの選考を経てとはいえ、かなりの数、ソリルの決断を仰ぐ。

ソリルの側には「大臣」と名のついたさまざまな分野を専門に補佐する人間がいるが、ザーダルはそのどれでもなく、地位はないがすべてにわたってソリルの補佐をする、信頼厚い男だということもわかってくる。

昼食のあとは、馬に乗って見回りに出かける。

場合によっては国境を越えて、従えた国々まで行く用事があるらしく、戻りは深夜になることもあれば、数日間留守にすることもある。

いったい、いつ休んでいるのだろう、とセルーンが驚くほどだ。

三つの国に加えてセルーンの国まで従えた今、ソリルの決断を必要としていることはあまりにも多い。

ソリルは疲れを見せず、精力的に、仕事をこなしている。

そして……セルーンは気付いた。

ソリルは笑わない。

ソリルには、楽しげな時間など存在しない。

ほっとするような、優しい時間も。

セルーンの国にいて、セルーンと過ごしていたころには、それでも時折見せていた笑みの片鱗《へんりん》も、今のソリルには全くない。

人質の身分から脱して、王と仰がれる身分になったというのに……ソリルには笑顔になる瞬間がない。

それどころか、それ以外の怒りや苛立ちや哀しみといった感情すら、極力表に表すまいとしているようだ。

そう……今のソリルは、誰にも心を許していないように見える。

ザーダルにさえ……信頼はしていても、心を開いてはいない。

どうしてだろう。

ソリルは寂しくないのだろうか。

今のこの状態が、ソリルが望んでいた暮らしなのだろうか。

そんな疑問を覚えはじめていたある日。

合議の間に、セルーンが幕屋の外にある巨大な水がめから居間に水を運ぼうとしていると、一頭のロバに乗った老人が近付いてきた。

純白の豊かなあごひげを蓄えた老人だ。

幕屋を守る兵たちが恭《うやうや》しく迎える。

「王は合議が長引いております」

「うむうむ、だったら待とう」

老人は穏やかに頷き、ロバを下りた。

「では、あちらの部屋へ」

王の前に伺候《しこう》する前の、待ち部屋に兵が案内しようとすると、老人は首を傾げた。

「一人では退屈じゃな。誰か話し相手を……」

そう言って辺りを見回し、王の幕屋の前にいたセルーンに目を留める。

「そこの若いの、相手をしてくれるかな」

「私、ですか」

驚いてセルーンが尋ねると、

「そのものは」

兵が止める。

しかし老人はその兵をじろりと睨み、兵がうっと黙ってしまった。

兵を黙らせることのできる老人。この人は何者だろう。

セルーンも興味が湧く。

「私でよろしければ」

そう言って水がめを置くと、老人に続いて待合の幕屋に入った。

どの部屋にも、中央にはいろりがある。

「茶を淹れてくれるかの」

老人に言われ、セルーンは部屋に用意されている水の入った土瓶を火にかけ、茶葉を入れて煮出す。その間老人は黙ってセルーンの手元を見ていたが、頃合いを見てセルーンが脚のついた磁器の器に茶を淹れて差し出すと、頷いて受け取った。

「して、お前さんが王の新しい側仕えだな」

それでは老人は、セルーンが何者なのかわかっていて相手に選んだのだ。

「はい、セルーン・サルヒと申します」

セルーンは膝をつき、拳を合わせて頭を下げた。

この人にはなぜか、そういう丁寧な礼が必要だと思ったのだ。

老人は目を細め、じっとセルーンを見つめる。

「育ちはいい……草原の男だが顔立ちは優しく、無骨さはない。難しい立場を受け入れる覚悟も備わっているようだが……長所でも短所でもあるのはその心の優しさかな」

セルーンははっとした。

今の、短い時間で老人はそこまでセルーンを見抜いたのか。

優しいのかどうか自分ではわからないが、有無を言わさぬ心の強靱《きょうじん》さのようなものには欠けているような自覚はある。それが短所ということなのだろうか。

「あなたさまは」

「なに、ただ長生きしたぶん、見聞きしたことが多いだけの老人じゃ。王がそれを面白がって学ぼうとしてくれるから、まだ役には立っている」

老人は笑う。

セルーンには、はたと思い当たることがあった。

「もしやあなたさまは、王の師父さま」

昔、ソリルが言っていたのを覚えている。尊敬する師父がいると……その人に教わったことを忘れたくないから頭の中で繰り返していると。

その人に違いない。

老人は片眉を上げた。

「ほう……わかるのか」

茶をひとくちすすり、皺の寄った両手で磁器の碗を包む。

「王は貪欲《どんよく》でな。すでに教えるだけのことは教えたと思うのだが、まだまだ学びが足りないと感じているのか、それともわしをご自分のもう一つの頭とでも考えているのか、未だに隠居はさせてもらえぬようだ」

そう笑ってから、部屋の外の気配に耳を澄ます。

「合議はかなり長引きそうじゃな。暇つぶしにお前さんに何か教えてやろう。そうだな……お前さんが今知りたいと思っていることを、ひとつだけ言ってごらん。なんでも答えてやろう」

セルーンははっとした。

これは厚意なのだろうか。それとも何か、セルーンを試しているのだろうか。

だがセルーンにとっては、知りたいことを知るまたとない機会だ。

知りたいのは……もちろんソリルのことだが、ひとつだけというのなら質問を選ばなくてはいけない。

子どもの頃のソリルはどんな少年だったのか。セルーンが知っている、あの寂しげな目をした若者は、その前はどんなふうだったのか。

セルーンの国から逃げ出して、そのあとどんな道を辿って今のソリルになったのか。

いや、それとも……一対一の戦ではなく、いくつもの国を従えているというのは、どういう意味なのか。「王」という称号の意味は。

または……ソリルは、どうして人質をただ放っておくのだろう。

放っておくくらいならなぜ人質を取るのだろう。

——ひとつになど絞れない。

迷うセルーンを、老人はせかすでもなくじっと見つめている。

考えた末……セルーンはとうとう口を開いた。

「王が目指しておいでなのは、なんなのでしょう」

過去のソリル、今のソリル。それが一本の線だとして、その先にあるのは、どんなソリルなのだろう、と……それが、そんな言葉になる。

すると老人は驚いたように眉を上げ、そして笑い出した。

「なるほどなるほど、お前さんはかなり賢い。その問いに答えようとするならば、かなりのことを答えなくてはならない」

そして、真顔になって身を乗り出す。

「お前さんが知りたいのは、我が身の運命ではなく、王のことだと……それもまた興味深いことだ」

そう言われてみると、たとえば自分の国はどうなっているのかとか、自分はこの先どうなるかとか、それを尋ねるという選択肢もあったのだが、思いつかなかった。

「そうじゃな、お前さんは、この世界にどれだけの国があるか知っているかな?」

老人が尋ね、セルーンは困惑した。

見聞きしたことのある草原の国々は、二十くらいはあるだろう。だが自分が知らない国もあるだろうと思うと。

「三十……くらい、でしょうか」

おそるおそる答えると、老人は首を振る。

「お前さんが言っているのは、草原の、言葉を同じくする民の暮らす国々の数じゃな。だが世界はこの草原だけではない。北の山々、西の山々の向こうにも多くの国があるし、南の砂漠を越えた向こうにも、東の砂漠の向こうにも、同じく多くの国々があって、それぞれが違う言葉を話し、違う食べ物を食べ、違う考えを持っている」

セルーンは言葉を失った。

そんなに、それほどに、東西南北に知らない国があるというのか。

これまで広大だと思っていた草原は、実は山々と砂漠に囲まれた、ちっぽけな場所なのだろうか。

そしてそれらの国々では……言葉も食べ物も違う、とは。

「東の国とは、お前さんも知らず知らずのうちに接点があるはずじゃ。絹と茶は、東の国から来るからの」

そういえば、絹と茶は、東から来る商人が運んでくる……それは知っている。

「草原の中の……東の方の国から、だとばかり思っていました」

「草原では茶は栽培できない。絹は東の国が製法を秘密にしている。それを、商人たちが毛皮や肉や革製品や刺繍と引き替えながら、時には何年もかけて、草原の奥深くまで運んでくるのじゃ」

老人のあまりにも壮大な話に、セルーンは言葉を失ってしまった。

「その、東の国に」

老人は言葉を続ける。

「近頃野心を持った王が生まれた。そやつが、今の自分の国では飽き足らず、我々の草原をも配下に置こうと企《たくら》んでいるらしい」

「東の国が……言葉も考え方も違う国が……？」

「そう、考え方が違う。そこが問題じゃ。奴らは言葉の違う我々のような民を征服すると男たちを奴隷にする。井戸を壊し、羊も馬も、女たちも、何もかも奪い、連れ去ってしまう。すでに草原の東端の国がいくつか呑まれた」

「そんな……」

草原の国々が互いに争うのは、水と草地の取り合いだ。

土地のいくらかを互いに切り取り合って決着がつく。だから基本的に、国境を接した国としか争いは起きない。

使える井戸を壊したり、家畜や女たちをすべて連れ去ってどうするのだろう。それらをすべて養えるような広大な地を、東の国は持っているのだろうか。

奴隷にされた男たちはどうなるのだろう。

「だから、草原の民は、今のように互いに争っている場合ではないんじゃよ」

老人はため息をついた。

「同じ言葉を話し、同じ考え方をする民が、部族ごとに小さな国に分かれて相争《あいあらそ》っている場合ではない。ひとつになって東の国に対抗しなければ、草原は失われてしまう」

老人の声は低く、不吉な予言のように響く。

そしてセルーンはようやく、これらの説明は、自分がした質問への答えなのだということを思い出した。

「では王は、草原をひとつにまとめようと……？」

「そう、目指すところは草原の統一。そして東の国と対等に渡り合うために王を名乗ることを勧めたのは、わしじゃ」

ソリルが目指しているのは草原の統一。

なんと大きな目標なのだろう。

「でも……それなら」

セルーンは考えながら言った。

「互いに争っている場合ではないのなら、草原の民に呼びかけて一つにまとまった方がいいのでは……？」

「呼びかけてまとまると思うか？　誇り高く気の荒い草原の民が？」

老人は静かに諭すように言う。

セルーンは、ソリルから何度か父の元に使いが来ていたらしいことを思い出した。

父は一顧だにしなかったのだ。

確かに、東の国に呑まれるからひとつにまとまろうと呼びかけただけでは、本気にしない国々も多いだろう。

そして、ひとつにまとまると決めたとしても、では誰が一番上に立つのかと、そんな争いも起きることは目に見えている。

だからソリルは、戦で征服することを選んだ。

「ひとつひとつ国を潰していく今のようなやり方に、王が焦《じ》れているのは事実。じゃが今は他に方法がない。王が配下に置き、人質など取らず、大臣を選び出して王を唯一の君主と認めている国は、今のところ三つ」

老人は言葉を続ける。

「その他の国は、破れれば人質を差し出せばいいと思っている、そういう草原の民の頑固さにもさぞかし焦れておるじゃろ」

最後の言葉に、セルーンはぎくりとした。

人質を取らなければ勝ちではない。

人質を取られなければ負けではない。

古くからの草原の考え方。

だが……ソリルにとってはそれすら本意ではないから、人質の女たちには手も触れないのだろうか？

だったら……だとしたら、自分とのあの夜のことは……？

自分と他の人質の差はなんだろう。そう、性別は違う。だがそれだけだろうか。

頭の中で、何かあやふやなものがぼんやり形を取り始めたような気がしたとき、部屋の外から声がした。

「師父どの、王がお待ちかねです」

声の主はザーダルで、垂れ布を上げて、セルーンが老人と一緒にいるのを見て眉を寄せる。

「そのような者とご一緒とは」

「いやいや、意味ある時間だった」

老人は立ち上がり、慌てて一緒に立ち上がったセルーンを振り向いた。

「王は人質の身分を解かれたあとも、心安らぐ時間などなかった。それらはすべて、人質でいる間に失われてしまった。お前さんなら……そういう王が理解できるかもしれんの」

それだけ言ってくるりと向きを変え、出て行ってしまう。

残されたセルーンの胸に、老人の言葉が深く沈んだ。

ソリルはセルーンの国から逃げて母国に戻ってからも、心安らぐ時間がなかった、と。

セルーンが見たかった、笑顔を取り戻すことなどなかったと。

いったいソリルはどんな日々を送ってきたのだろう。

知りたい、とセルーンは思った。


その日、ソリルは師父と二刻ほどの時間を取り、それから急いで部下を引き連れてどこかへ出かけ、戻ってくると食事もそこそこにまた合議に入り、奥に戻ってきたのはかなり遅い時間になってからだった。

ザーダルもさすがに主人の身を案じているとみえ、居間の入り口まで王を送り、セルーンに「王はお疲れだ、お前にできることをしろ」と言い捨てていく。

ソリルは居間に入るとどさりと床に座り、固く詰め物をした枕に身をもたせかけ、眉を寄せ、目を閉じた。

セルーンは音を立てないよう静かに茶を淹れ、それから煎り栗の入った皿を盆に載せて、ソリルの傍らに置いた。

煎り栗は、セルーンが昼の間にふと思いついて、厨房にいる女たちに頼んで貰ってきたものだ。

眠ってはいなかったのだろう、ソリルが目を開ける。

盆の上に目を落とし、茶に添えて、煎り栗があるのを見て、はっと顔を上げた。

「……これは」

「お食事を、あまり召し上がっていないようでしたので……これなら手軽に腹が膨れますから」

セルーンは静かに答えた。

あの少年の日、ソリルが自分で煎った栗をセルーンにごちそうしてくれた。

別にあの日を思い出させようとしたわけではない。ただ、ソリルがあれを好きだったことを思い出し、空腹のまま眠るよりは何か簡単なものを口に入れた方がいいと考え、思いついただけのことだ。

厨房では「王がまさかそんなものを召し上がるのか」と不審そうだったが、これならたぶん少しは口に入れると、セルーンには自信があった。

ソリルは無言で煎り栗を摘まみ、二つ三つ口に放り込んでゆっくりと咀嚼《そしゃく》した。

茶を飲み、そしてまた煎り栗に手を伸ばす。

やはりこれなら食べてくれるのだ、とセルーンがほっとしたとき、ソリルが静かに口を開いた。

「今日、師父どのと話をしたのか」

最低限必要な指示以外のことをソリルが口にするのは、側仕えになってからはじめてかもしれない……と、胸がわずかに高鳴るのを抑え、セルーンは頷いた。

「はい」

ソリルは不思議そうにセルーンの顔を見つめた。

「お前のことを、なかなか聡《さと》いと褒めていた。あの方が誰かを褒めるのは珍しいことだ。何を話したのだ」

セルーンは驚き、思わず赤くなった。

「お褒めいただくようなことは何も。私がどれだけもの知らずだったのか教えていただいただけのことです」

「……自分がものを知らないということを知るのには、明晰《めいせき》さと柔軟さが必要だ。お前にはそれがあると、師父どのは言うのだな」

ソリルは低く呟きながら、また一つ煎り栗を摘まみ、じっとそれを見つめてから、また口に入れ、茶を飲むと、椀を置いた。

「寝る」

そう言って立ち上がり、わずかに躊躇ってから言い足す。

「これは助かった。礼を言う」

煎り栗のことだとセルーンが気付いたときには、ソリルは垂れ幕の奥の寝室に歩み去っていた。


それから一刻ほど過ぎただろうか。

自分の小部屋でなかなか寝付けずにいたセルーンは、小さなうめき声に気付いた。

身を起こし、そっと居間に辷り出る。

「う……」

また小さく声が聞こえた。

ソリルの寝室からだ。

うなされているのだろうか。

躊躇いながらもそっと寝室の垂れ布を小さく捲《めく》ると、寝台の上で、ソリルはきつく眉を寄せ、唇を嚙み、額にわずかな汗を浮かべているのがわかった。

熱でもあるのだろうか。

セルーンは思わずソリルの寝台に近寄り額に手を触れたが、熱があるわけではないようだ。

だとすると何か……夢にうなされているのだ。

どうしよう。

起こすべきなのだろうか。だが疲れてようやく眠ったソリルを起こす気にはなれない。

セルーンはそっとソリルの寝台の端に腰を下ろし、もう一度ソリルの額に触れた。そのまま静かに、髪を撫でる。

眠るときも額にはめた輪はそのままだ。セルーンもそれは同じだ。

輪が示す、生まれついた身分からは逃れられない。

それは草原の民をまとめるという壮大で高邁《こうまい》な理想に生きるソリルも、こうして人質になっているセルーンも同じことだ。

そんなことを考えながらゆっくりと優しく頭を撫で、自然とセルーンは、低く歌を歌っていた。

子守歌だ。

草原の国々ならどこでも同じように歌われているものだ。

セルーンも幼い頃、乳母に聞かされた。

耳に心地よく、何も心配することなどないのだ、安心してお眠り、と包み込んでくれるような歌。

囁《ささや》くように、少し離れたら聞き取れないくらいに低く、優しく。

どうしてこれを歌おうと思ったのか自分でもわからない。

ただ……セルーンにはわからないソリルの苦悩を、少しでもやわらげたい、眠っている間だけでも……そう思ったら自然に喉が動いていた。

歌いながらソリルの顔をじっと見つめると、その表情は次第にやわらいでくる。

頰の削《そ》げた精悍《せいかん》で男らしい顔つきの中に、かつての、大人になりかかった少年の顔が確かに重なる。

ソリルはあんな年齢の頃からずっと、安らぐことなく生きてきたのだとソリルの師父は言っていた。

どれだけ過酷な日々だったのだろう。

その間自分は、気楽な日々を送りながら感傷的にソリルを思い出していたが、ソリルには過去を振り返る暇もなかったのだろう。

セルーンのことを忘れているとしても当然のことだ。

だとしても、族長である父の、たった一人の未婚の子、ということだけが理由であったとしても、ソリルが人質として自分を選んだのは何か運命のようなものだったのだ、とセルーンは思う。

人質の女たちには手も触れないのに、あの夜自分を抱いたのはなぜなのか、それはわからない。男の人質には、支配のしるしをつける必要があると考えたのだろうか。

何か、ソリルにはソリルの理由があるに違いない。

それでも……セルーンは自分のはじめての相手がソリルであったことに意味があるように

思う。

恨みなどない。

心の瑕《きず》になってなどいない。

セルーンに経験がないと気付いたあとの優しさは本物だったから、心が傷つくことはなかったのだ。

そしてセルーンは、自分が、あの夜以来はじめてソリルに触れているのだと今さらながらに気付いた。

側仕えになったセルーンに、ソリルは指先一本も触れることはない。

それなのにセルーンは今、一方的にソリルに触れている。

その体温を、自分の指先で感じている。

ふいに――セルーンの中に、自分を穿ったソリルの熱が蘇《よみがえ》ったような気がした。

「……っ」

腰の奥が熱くなったように感じ、歌が止まってしまう。

はっとしてソリルを見ると、ソリルの寝息は深く静かになっていた。

嚙み締めていた唇からも、寄せていた眉からも、力は抜けている。

その唇に、口付けてみたい……と、セルーンの中に自分でも驚くような衝動が生まれたが、そんなことをして万が一ソリルを起こしてしまったら、という怖《おそ》れのほうがなんとか勝つ。

セルーンは静かに立ち上がり、そっと自分の寝床に戻ったが、横になっても身体の奥の方でもやもやと熱が疼いているような気がして、なかなか寝付けなかった。


翌朝、ソリルはいつものように起きた。

セルーンが差し出す洗面用の水を、いつものように黙って受け取る。

その水と、昨夜の煎り栗の皮を捨てようと部屋から出ると、外に控えていたザーダルが盆の上を見てセルーンを睨み、きつく咎めるように言った。

「これはなんだ、お前、王の幕屋で勝手にこんなものを食っているのか！」

「いえ、これは王のお夜食です」

セルーンが驚いて首を振ると、

「そんなわけがあるか！　王はこれをお嫌いなのに！」

ザーダルが怒鳴りつける。

ソリルがこれを嫌い……？

昔は食べていたのだし……昨夜だって、何も言わずに食べてくれた。

「でも……召し上がってくださいました」

「嘘をつくな！」

ザーダルが激高《げっこう》しかけたとき、

「朝から何ごとだ」

居間からソリルが出てきてうるさそうに言った。

「王、このものが、このような——」

「ザーダル」

ザーダルの言葉をソリルは静かに遮る。

「このものに馬を。今日から、見回りの供をさせる」

「は——は？　王、それは……」

「決めたことだ。今日の合議は昼前に終わらせるよう大臣たちに伝えろ。それから北の井戸の修理がどうなっているのか報告を。冬の食料の備蓄についても」

矢継ぎ早にソリルから指示が出てきて、ザーダルは慌ててそれに対応しはじめ、セルーンを供に加えるという指示はその中に埋もれてしまう。

それはセルーンにとっても驚きだった。

見回りの供をする……それはもちろん、騎馬の男たちの一群に加わるということで、子どもでもできるような幕屋の雑用とはまるで違う「役割」だ。

ソリルがどうして急にそんな考えになったのかわからないが、セルーンは、これで自分とソリルの関係になんらかの変化があるなら嬉しい、と思った。

風はもうかなり冷たい。

セルーンにも綿入れの上着と毛皮の帽子が支給された。

それでも久々に馬に乗って駆けると、身も心も心地よい緊張感で満たされ、寒さなど感じない。

ソリルは毎日のように国のあちこちを見て回る。

漆黒の愛馬を駆るソリルの姿は、気高く、勇壮で、美しい。

そしてセルーンも、「馬を並べる」という関係にはほど遠い状態ではあるが、ソリルに付き従う一団の中にいることが誇らしく思える。

東西南北に馬を走らせ、国境近くを守る兵をねぎらい、民から直接話を聞く姿は、好んで戦をするような君主には見えない。

できれば国を平和に保ちたいと願うソリルの気持ちがわかるし、兵や民にどれだけ慕われているかもわかる。

付き従う側近たちも、そんなソリルを誇りに思っているのがわかる。

セルーンの仕事は、休憩地で飲み物や食べ物を差し出し、ソリルが馬を下りればその馬を預かり、時間があれば馬の手入れをし、といったようなものだ。

雑用ではあるが常にソリルの側《そば》にいて、王としてのソリルの姿を間近で見る日々は、セルーンにとっては驚きと感嘆の連続だ。

そうやって、ソリルの供をすることが何度か繰り返され、いよいよ冬の訪れが間近に感じられるようになってきたある日。

「おい」

隊列の中で、いつもソリルのすぐ後ろにいるザーダルが、最後尾のセルーンの位置まで下がってきた。

「王が小刀の柄《つか》の飾りをどこかで落とされたらしい」

「え」

ソリルの小刀についている飾りは、細い組紐《くみひも》だ。

昔から……ソリルが人質となっているときから同じものをずっと使い続けている。解《ほど》けて落ちたのだろうか。

あんな小さなものなら音もせず、気付かないだろう。

「幕屋を出たときには確かにあったのだから、お前、探してこい」

「それは……王のご命令ですか？」

振り向きもせず前方を駆けているソリルの方をちらりと見ながら尋ねると、ザーダルは険しい顔になった。

「俺が、王の代わりに、お前に命じている。この先の連なり井戸に着けば、供のものはそれぞれに仕事があるのだ。こんなことに使えるのはお前だけだ」

そう言われてしまうと、セルーンには返す言葉がない。

供にはいつも見回り先で必要と思う専門家を選んでいて、ザーダルはそれをとりまとめる役目があり、落とし物を捜しに戻るような「雑用」にしか、セルーンのいる意味はない。

ザーダルが自分の存在を快く思っていないのは知っているが、彼がソリルに心酔し、彼の行動はすべてソリルによかれと思ってのことだともわかっている。

「わかりました」

セルーンは頷《うなず》いた。

「見つけたら、王のあとを追えばいいのですね？」

「そうだ。三本のサクサウルの木まで戻って見つからなかったら、追ってこい」

ザーダルは頷き、セルーンが馬の向きを変えるのを見届けてから、ソリルの側に戻っていく。

セルーンは来た道を、地面に気をつけながら戻りはじめた。

金色の細い飾りは、容易に土に紛れる。

風で飛ばされる危険もある。

慎重に馬を運び、かなりの距離を戻ったが、飾り紐は見つからなかった。

道の半ば以上を戻り、ザーダルに言われた目印の木まで来たが、見つからない。

仕方なくもう一度馬の向きを変え、それでももう一度、地面に目をこらしながらゆっくりと進む。

しかしやがて、このままでは夕暮れまでにソリルの一行に追いつけなくなると気付き、慌てて馬の腹を蹴《け》った。

草原の上に一行の新しい足跡が追えているうちはよかったが、やがて、砂地に入ると、この数刻のうちに風で消されたのか、足跡がわからなくなってきた。

今日の目的地は、灌漑《かんがい》用の連なり井戸と、その周辺の畑だ。

セルーンは行ったことがない場所だが、その先にある北の谷の出口に、防塁《ぼうるい》を築くとかなんとか耳にはさんだような気がする。

では、北だ。

連なり井戸がないかどうか前方に目をこらしながら進む。

しかし……井戸は見つからなかった。

畑も。

砂地に草は生えておらず、羊の群れやその番人も見当たらない。

荒涼とした、人の気配もない荒れ地だけが広がっている。

方角を間違えたのだろうか。

セルーンは少し考え、北方と西方に見えている山々を確かめ、東に馬を向けた。

しかし、ソリルの一行の姿も、足跡も見つからない。

やがて日が落ちると、山並みも見えなくなる。

月のない夜で、気がつくと漆黒の闇《やみ》がセルーンを包み込んでいた。

――方角がわからない。

セルーンだって草原の子だ。これが自分の国なら、闇夜だろうと、目を瞑《つむ》っていようと、宿営地に辿《たど》り着くことはできる。

だがここは見知らぬ地だ。

冷たい冬の風が運んでくるにおいも、馴染《なじ》みのないものばかりだ。

どうすればいいのだろう。

一番いいのは、どこかで馬を下り、寒さを避けて夜を明かすことなのだが。

――もしかしたらこれは、絶好の機会なのではないか。

セルーンの中で、何かが囁《ささや》いた。

セルーンが一行を見失ったように、一行もセルーンを見失っている。

どこかで夜を明かし、そして東の空が明るくなってきたら、一路、北東に向かう。

ひたすら北東に向かっていけば、いつか、見覚えのある地形に出るだろう。

そう、国に帰れるのだ。

ソリルがかつて、セルーンの国から逃げ出したように。

人質が逃げればソリルの国は面目を失う。

人質を取り戻すためには、ソリルは再びセルーンの国を攻めなければならない。

だが、それが、自分の望みなのだろうか？

そこまでしてソリルから逃げ、戦を招くことが……？

草原の国をひとつにまとめようとしているソリルにとっては、また目標が遠ざかることになる、余計な戦だ。

ソリルにも、ソリルの国の民にも、負担をかけることになる。

セルーンは自分の心に問い、そして首を振った。

自分の国は懐かしい。恋しい。

父母にも叔父《おじ》たちにも兄たちにも会いたい。

セルーンの馬、よく知っている草地、懐かしい風景。

もう二度と見られないかもしれない。

それでも。

自分はソリルの側にいたいのだ、とセルーンは思った。

ソリルが成し遂げようとしていることを、ソリルの側で見ていたい。

そしていつか……ソリルと馬を並べること、ソリルの心からの笑顔を見ることを、やはり自分は諦めていないのだ、とセルーンは気付いた。

あの夜、ソリルがセルーンを抱かなければ……女たちと同じような、手も触れなければ顔を見ることもない人質として捨て置かれていたなら、違ったかもしれない。

うなされるソリルを見なければ、煎《い》り栗《ぐり》を食べて礼を言ってくれたソリルを見なければ、違ったかもしれない。

だが今セルーンは、そういうソリルの中に、昔のソリルが確かにいると、感じている。

だとしたら……やはり自分はソリルの側にいたい。

こんなにもソリルの側にいたいという、この気持ちはなんなのだろう。

——好きなのだ、ソリルが。

セルーンはふいに、それに気付いた。

いや、きっととっくに自分の心に気付いてはいたのだが、それを言葉にして考えたことがなかっただけだ。

家族や友人に対して抱《いだ》く「好き」ではない、もっと特別な、たった一人の人にだけ感じる気持ちを、ソリルに対して抱いている。

昔のソリルを思い出しては「会いたい」と思っていた気持ちもそうだったのかもしれない。だが不幸な再会をして、人質という不本意な立場になって無理矢理に抱かれても、それで気持ちが冷めるどころか、もっともっと深いものになっている。

昔のソリルだけでなく、今のソリルに惹《ひ》かれている。

今のソリルをもっと知りたいと思い、側にいたいと思い、そして役に立ちたいと思う。

もちろんこれは、セルーンの一方的な想いだ。

ソリルはセルーンに対し、常に苛立《いらだ》っているように思う。あれから指一本触れないのは、あの夜のことを後悔しているからなのかもしれない。

セルーンの強引な願いを聞き入れて側仕えにしたり、その後供回りに加えたりしたのも、セルーンをどう扱っていいかわからないからなのかもしれない。

厄介《やっかい》な人質を抱え込んでしまったとすら、思っているかもしれない。

それでも――

セルーンはソリルの側にいたいのだ。

ソリルが永遠に、同じ想いを返してくれることなどないとしても。

それでも心の奥底に、いつかソリルがセルーンに心を開き、同じ想いを返してくれたら、という気持ちがないではない。

心を通じ合わせた上で、もう一度身体《からだ》も重ねられれば。

真の意味で「馬を並べて駆ける」関係になれれば。

いや、それは高望みというものだ。

それはわかっている。そんな日は来ないだろう。

だが、そんなソリルへの想いがあるからこそ、今ここで逃げ出すなど考えられない。

戻らなければ、ソリルのもとへ。

逃亡を疑われる前に、一刻も早く。

セルーンは唇を噛《か》み、闇に向かって目をこらした。

やはり方角はわからない……が。

ふと思いついて、セルーンは手綱を持つ手を緩めた。セルーンに与えられた栗毛の馬は、疲れて喉《のど》が渇き、腹も減っているだろう。

そしてこの馬は、セルーンと違って、この国を知っている。

「お前、家がわかる？」

セルーンが静かに尋ねると、馬の耳がぐるりと回ってこちらに向いた。

「僕にはわからないけど……お前なら帰れるね？　僕を連れて帰ってくれる？」

首筋を撫《な》でながら静かに尋ね、そして軽く腹を蹴って馬を促すと……

馬は歩き始めた。

暗闇の中では、馬が方角を変えたのかどうかすらわからない。

ただ、腿《もも》に伝わる馬の歩みに、次第に確信が籠《こ》もってくるのはわかる。

大丈夫だ、帰れる……ソリルのもとに。

手綱から手を放し、セルーンは馬の歩みに身を委《ゆだ》ねた。


遠くに灯《あか》りが見えてきた。

都を囲むたいまつだ！

「すごいよ、ありがとう、本当に連れて帰ってくれたんだね！」

セルーンは馬の首を叩き、再び手綱を握った。

身体は冷え切り、そして疲れ切っている。それは馬も同じだ。だが水と飼い葉がもうすぐそこにあるとわかって、馬も自然と駆け足になる。

「誰だ！」

兵の誰何《すいか》の声に、セルーンは叫び返す。

「王の側仕えです！」

驚いたようなざわめきが兵たちの間に走り、たいまつがセルーンの顔を照らした。

「本当だ」

「王宮に知らせを！」

先触れの兵のあとをセルーンも追うが、さすがに人馬ともに疲れ果てていて、みるみる離される。

王宮への道はあかあかとたいまつに照らされていて、あと少しだ、と馬と自分を励ましながら、セルーンは進んだ。

王宮幕屋の前は、ひときわ明るく照らされている。

セルーンが馬を下りようとしたとき、扉が開いて、中から人影が飛び出してきた。

ソリルだ。

少し蒼ざめた、驚いたような顔。

「戻りました」

セルーンはそう言って馬から下りたが、さすがに疲れてがくがくになっていた足が、地面に着くと同時によろめいた。

セルーンの腕を、強い力が摑《つか》んで支える。

ソリルの腕。

「……なぜ」

低く絞り出すような声に、セルーンは思わずソリルを見た。

どうしてソリルは、そんなに苦しげに眉《まゆ》を寄せているのだろう。

「申し訳……ありません、遅くなりまして」

「なぜ戻った！」

まるで叱《しか》りつけるようなソリルの声に、セルーンははっとした。

なぜ戻った？　戻っては……いけなかったのだろうか？

しかしソリルはすぐに我に返ったように、面を引き締めた。

「誰か、奥へ熱い湯を。温かい食べ物も。馬はよく休ませろ」

そう命じ、セルーンの二の腕を摑んでいた手を離すと、そのままセルーンの腰に腕を回して身体を支える。

「大丈夫、です……歩けます」

驚いてセルーンは言ったが、ソリルは無言で、そのまま幕屋へとセルーンを連れて入る。

奥の、王の私室に通じる通路にザーダルが立っていた。

「王、この者を信用してはなりません。一度は逃げたのです！　何を企《たくら》んでいるか――」

縋《すが》るように言うが、ソリルは「あとにしろ」と言い捨てる。

セルーンには、ザーダルが自分を憎しみの目で睨《にら》みつけているのがわかったが、そのまま居間に入るとソリルはさっと扉を閉めてしまった。

ソリルが静かにセルーンを床に座らせた。

「湯と食事をお持ちしました」

扉の外から声がして、セルーンが慌てて立ち上がろうとするのを制し、ソリルが扉に向かう。

その瞬間、セルーンは気付いた。

ソリルの帯に、小刀が……柄にちゃんと、いつもと同じ飾りが揺れている。

見つかったのだろうか。

――いや、もしかすると……あれを落としたというのは、ザーダルの嘘だったのだろうか？

ザーダルは、セルーンがソリルの側にいることを快く思っていない。

だから、セルーンをわざと一行から離したのだとしたら。

一人になれば、セルーンは当然、逃げるものと思っていたのだとしたら。

「どうした」

ソリルが熱い湯の入った盥《たらい》と、食事の盆をセルーンの前に置く。

「湯がまだ熱い。冷めるのを待つ間に、少し食え」

静かな声に、セルーンは何か不思議な気持ちで、ソリルを見つめた。

ソリルは眉を寄せ……それが不機嫌というよりはどこか気遣わしげな感じで、じっとセルーンを見つめている。

まるで、セルーンのことを心配しているように……自ら世話を焼いてくれているようだ。

どうしてだろう？

だが、疲れでうまく頭が働かない。

「あの……」

「食え」

ソリルの命令口調が、自分で考えずにすむのでむしろ心地よく、セルーンは言われたとおり、食事の盆に向かった。

肉と野菜を塩だけで煮込んだ単純なものが、疲れと空腹に心地いい。

ゆっくりと無言で食べていると、次第に身体の芯が温まってくる。

セルーンが食べている間、ソリルは慎重な目つきでセルーンを見つめていたが、食べ終わったのを見て、今度は盥の湯に布を浸し、絞って、差し出す。

「食い終わったのなら、身体を拭《ふ》け」

「はい」

素直に手を差し出し、布を受け取って顔や首を拭き、袖《そで》を捲《まく》り上げて腕まで拭く、ようやくじんわりと安心感が全身に沁《し》み通っていくのがわかった。

食べ物も、湯も、ソリルも、すべてが温かい。

まるで、遠い昔に戻ったようだ。

ソリルが茶と煎り栗を出してくれ、いろりを挟んで無言で向かい合っていた。

ぎこちない沈黙が、不思議と心地よかった。

だが人心地着いてくると、ここは王の居間であること、そして自分とソリルの現在の関係を思い出して、次第に落ち着かなくなってくる。

セルーンは布を盥の縁に置くと、居住まいを正した。

「ご心配をおかけし、申し訳ありませんでした」

手をついて、頭を下げ、そして……ソリルが無言なので、おそるおそる頭を上げる。

するとソリルの瞳《ひとみ》には、さきほどまではなかった、苛立ちが宿っていた。

「……なぜ、逃げ切らなかった?」

声にも何か、冷え冷えとしたものがあり……先ほどまでの心地いい空気がかき消える。

「方角を見誤ったのか？　逃げ切れる自信がなかったのか？」

「いえ、いいえ！」

セルーンは、自分が最初から逃げるつもりで一行を離れたと思っていることに気付いた。

ではやはり、飾り紐を落としたというのはザーダルの嘘だったのだ。

だがそれを、ソリルに告げてはいけない、と思う。

ザーダルはソリルにとって腹心の部下だ。セルーンが「王の側にいたい」と申し出たときも、ザーダルは反対していた。その反対を押し切って、無理矢理側仕えとなった自分を、ソリルのもとから追い払おうとしたザーダルの、切羽詰まった気持ちは想像できる。

セルーンが今、告げ口のようなことをすれば、ソリルはザーダルに対する信頼をなくし、それは大切な部下を一人、ソリルが失うことを意味する。

自分にそんな権利はない。

セルーンは心を決め、もう一度頭を下げた。

「はぐれてしまったのです、本当に。逃げるつもりなどありませんでした。不注意で、申し訳ないことになりました」

「なぜだ！」

ソリルはふいに声を荒げた。

はっとセルーンが顔を上げると、ソリルは片膝《かたひざ》を立ててセルーンに詰め寄り、顎《あご》を摑んでぐいっと上向かせる。

「本当にただはぐれたのだとしても、逃げようと思えば逃げられたはずだ。それでも、なぜ逃げなかったのかと尋いているのだ！」

セルーンははっとした。

その声の中に――激しい怒りがある。

その怒りは真《ま》っ直《す》ぐにセルーンに向けられているのに、セルーンは一瞬、そのソリルの、怒りに染まった顔に見とれた。

上気した頰《ほお》。

そして……怒りという、露《あら》わな感情を浮かべて輝いている瞳。

そう、セルーンがはじめて見る、ソリルの、裸の感情が、ここにある。

いつも感情を抑制して本心を見せないソリルの顔が、今なんと、美しく輝いていることだろう。

それが「自分に向けられている怒り」とわかっていても、セルーンはその、はじめて見る感情を露わにしたソリルの顔を、ずっと見ていたい。

だが次の瞬間セルーンは、自分が場違いなことを考えていると気付いた。

そう、ソリルを怒らせたのは自分だ。

自分の何が？

逃げなかったことが？

ソリルは、セルーンに逃げてほしいと……自分の側からいなくなってほしいと思っていたのだろうか……？

だとしたらセルーンは行動を誤ったことになる。

でもセルーンには、その選択肢はなかった。

ソリルが好きだから、ソリルの側にいたかった。

それがソリルを怒らせたのなら、ソリルが望む「人質としての自分」の態度に立ち返って、側にいることを許してもらうしかない。

セルーンは唇を噛み、それからソリルの目を真っ直ぐに見つめて言った。

「王のお側にいることが、私の勤めですから」

ソリルの眉がきつく寄せられる。

「勤めだと？　こんな子どもにもできる雑用が？　それとも……また、俺に抱かれたいとでも思っているのか？」

そんなはずはないだろう、という挑戦的な口調が、試しているように聞こえる。

ということは、セルーンにその気があれば、ソリルはセルーンを欲望の道具として使う気があるのだろうか？

だがそれでも、ソリルが望むことが、セルーンのしたいことだ。

今のセルーンができるのは、それだけだ。

「それが、あなたのお望みなら」

きっぱりとセルーンは言った。

ソリルの側にいると決めたのは自分なのだから、それに従うまでだ。

気持ちのない行為は切ないだろう。

だが、あの夜のようにセルーンを無理矢理に屈服させるのが目的だとしても、もうすでに一度ソリルをこの身体に受け入れたのだから怖くなどない。

「だったら」

ソリルの声音が、脅すような響きを帯びる。

「俺を満足させてみろ」

できはしないだろう、という……また試すような言葉だ。

セルーンは覚悟を決めた。ソリルを満足させることで、自分がソリルの側にいたいという本気を見せることができるのなら、やってみよう。

だが……どうすればいい？　服を脱いで脚を開いてみせればいいのか？

ソリルがその気になれなければどうしようもない。

その気にさせ、満足させる、というのなら……あの夜求められたことしか思いつかない。

「失礼します」

セルーンはソリルの前に跪《ひざまず》き、上着の裾《すそ》を左右に開いた。

下袴《したばかま》の紐に手をかける。固く結んであってなかなか解けないのをなんとか解き、前を開ける。

黒い叢《くさむら》の中に、まだ全くその気になっていないソリルのものがある。

ソリルは無言だ。

セルーンはそっと、両手でソリルのものを持ち上げ、上を向かせ、そして思い切ってそこに唇をつけた。

ソリルの腹がびくんと脈打ったのがわかる。

歯を立てるな、とあの夜に言われた。やわらかな皮膚に包まれている敏感な部分だ。

むき出しの先端を唇で挟んだまま、舌で滑らかな表面を舐《な》める。

それからゆっくりと唇を開き、喉の奥まで迎え入れ……唇を窄《すぼ》めて根元から先端に向かって扱《しご》くように顔を上げる。

「んっ……んっ」

セルーンの喉から声が洩《も》れる。恥ずかしいが、これを堪《こら》えてはいけないのだろうとも思う。

ゆっくりと、少しずつ、ソリルのものに芯が通ってくるのがわかる。

先端からじわりと、塩気を含んだものが滲《にじ》むのも。

それを舌に感じた瞬間、セルーン自身の腰の奥がぞくりと疼《うず》いた。

完全に勃たせて……それから？

またこれが、セルーンの中を穿《うが》つのだろうか？

ソリルの腕がセルーン抱き締め、セルーンの中をソリルでいっぱいに満たしてくれるのだろうか……？

そんな想像が頭をよぎったとき。

「もういい」

ふいに、ソリルがセルーンの髪を摑んで自分のものから引きはがし、突き放した。

何か粗相があったのだろうか。

「あの……」

「俺が欲しいのは、こんなものではない！」

怒気を含んでソリルが言って、手早く自分の前を閉め、衣服を整える。

「俺が望んだのは、身体の快楽などではなく……心だ。最初に言ったはずだ、俺に仕えたいのならば心を寄越せと言ったはずだ！」

そう、確かにソリルは言った。自分の側に置くのは、俺に全てを捧げる覚悟のある者だけだ、つまり、心もだ……と。

そしてセルーンは確かに、そのつもりだったのだ。

「お捧げします、心を」

真剣にそう言ったつもりだったのに、それがよりソリルを苛立たせたらしい。

「俺のことなどろくに知りもしないくせに！」

ソリルは立ち上がり、セルーンを見下ろす。

「言葉で簡単に、心を捧げるなどと言うな。お前が心を捧げるだけの何を、俺が持っていると？　国に攻め込まれ、人質に取られ、女のような扱いを受けて、それでどうして俺に心を捧げるなどと言えるのだ！　俺は信じない！」

一気に言い捨てて、足音を荒げて寝室に入っていく。

セルーンは呆然《ぼうぜん》と、そのソリルの後ろ姿を見送った。

自分の言葉は……信じてもらえない。

逃亡せず、戻ってきても。望まれるままに、奉仕しようとしても。

それが、心からのものだとは信じてもらえない。

ソリルの心の中に入っていくことはできないのだ……。

どうすればいいのだろう。

先ほどは確かに一瞬、心地いい優しい空気が、二人の間にあると感じた。

だがそれはすぐに、ソリルの怒りに変わった。

それでも……自分の前ではじめて感情を露わにしてくれたと思ったのに、ソリルの怒りはそのまま拒絶に変わってしまった。

心の扉は開くどころか、より固く閉ざされてしまったのだろうか。

自分の何がいけないのだろう。

かつての約束のように馬を並べたいとか、笑顔を見たいとか、そんなことはもう望めない、望んではいない。

それでもせめて、本心から側にいたいという気持ちを信じてほしいのに、できない。

では自分はいったいなんのためにここにいるのだろう。

好きなのに。

ただただソリルが好きで、側にいたいだけなのに。

その気持ちそのものが、ソリルを苛立たせてしまうのだとしたら。

視界がふいに曇った。

喉の奥が、せりあがってきた熱い塊に塞《ふさ》がれる。

泣いてはいけない……隣の寝室にソリルがいるのだから、と思いながらも……熱い涙がぽたぽたと膝に揃《そろ》えた手の甲の上に落ちるのを、セルーンは止められなかった。

翌朝も、同じように一日ははじまった。

しかし、寝室から出てきたソリルは凍《い》てついたような空気をまとい、セルーンと視線を合わせようとはしなかった。

あの、激しい怒りの感情すら抑え込んで、ソリルのすべてが固い殻に覆われてしまったようだ。

それでもセルーンはいつものように洗面用の水を差しだし、ソリルはいつものように身支度をし、そして朝食を取る。

だが、やはり空気が全く違う。

これまでも、ソリルはセルーンと余計な会話はしないし、偶然にでも直接手と手が触れ合うことすら避けているような雰囲気はあった。

だが、全身から滲み出る拒絶感のようなものはなかったと、今にして思う。

もしかするとソリルはもう、セルーンが側仕えであることにすら嫌悪を抱きはじめて、セルーンを遠ざけて人質の女たちの幕屋に戻すことを考えているのかもしれない。

自分が何かを間違ったせいだ。

そう考えると辛《つら》いが、仕事はしなくてはいけない。

ソリルを朝の合議に送り出し、洗面に使った水を外に出しに行く。

草原の国では水は貴重だ。洗面に使った水はその後、洗濯などに使う大きな水がめに入れるのだ。

水差しに新しい水を汲《く》んで戻ろうとすると「おい」と背後から呼び止められた。

振り向くと、ザーダルが険しい顔で立っていた。

なんだろう。もしかすると、王宮幕屋を出て女たちのところへ戻れと、ソリルの命令を伝えに来たのだろうか。

緊張してザーダルの言葉を待ったが、ザーダルはしばし無言で、眉を寄せてセルーンを見つめている。

セルーンはその緊張に耐えきれず、思い切って自分から尋ねた。

「身の回りのものをまとめた方がいいのでしょうか」

といっても、着替えなど、わずかなものだけだ。まとめるほどの量もない。

しかしザーダルは驚いたように、わずかに眉を上げた。

「なぜだ」

「え……あの、王が、私に去れとおっしゃったのでは……」

「なぜ、言わなかった？」

ザーダルの詰問口調は、セルーンが考えていたのとは別な話のようだ。

戸惑いながら無言で次の言葉を待つと、ザーダルはきつく唇を噛み、セルーンから視線を逸《そ》らす。

「言えばよかっただろう、飾り紐のことで俺が嘘をついたと。俺は王の叱責《しっせき》を覚悟していたのに何ごともない……つまりお前は何も言わなかった。そうだろう」

そのことか、とセルーンは拍子抜けしたような気持ちになった。

ザーダルの嘘からはじまって、セルーンはソリルとの決定的な距離を思い知らされた。

だがザーダルの嘘はただのきっかけだ。

それに……

「あなたは、あなたのお考えで、王のためにとなさったことでしょうから」

静かにセルーンは答えた。

むしろザーダルの思惑通り自分が逃げていた方が、ソリルにとっても気が楽だったのかも知れないとさえ思える。だとしたらザーダルの行動は正しかったのだと。

「お前は、どうしてそんな——」

ザーダルが声を荒げたとき、

「ザーダル」

傍らから、静かだが断固とした声が割って入った。

老人……ソリルの師父だ。

「これは、師父どの」

ザーダルが慌てて胸の前で拳《こぶし》を合わせて頭を下げる。

「見苦しいところをお目にかけました」

ソリルの師父は頷いた。

「とりあえずはザーダルよ、このものは今は人質で王の側仕えではあるが、他国の族長の直系じゃ。額の輪に敬意を忘《こわ》れてはならぬ」

ザーダルがはっと顔を強ばらせ、セルーンは思わず自分の額の輪を押さえた。

物心ついたころからつけているから普段は忘れているが、額の輪が表す身分は、草原の民なら誰でも心得ている。

だからこそ人質に取られるのだし、人質となっても敵国の中である程度のよそよそしい敬意のようなものは払われるべきとは言われている……礼儀として。

そうはいっても、セルーンは「女の扱い」を受ける人質であり、ザーダルのような側近に蔑《さげす》まれても仕方ないと思っていたのだが、老人はザーダルの無礼を咎《とが》めているのだ。

反論するのかと思ったザーダルは、口惜《くや》しげに俯《うつむ》き……

「失礼した」

いやいやではあるが、セルーンに向かってそう言った。

「いえ、そんな」

戸惑ってセルーンは首を振る。

老人は笑って頷いた。

「王の乳兄弟として、幼い頃からわしが王に教えを授けるのを側で聞いていたお前だ。覚えたことは忘れるな」

ザーダルはソリルの乳兄弟だからこそ、無私の心でソリルに仕え、そして信頼を受けているのかとセルーンは納得した。

「王はどうせ合議であろう、この前のように中で茶を淹《い》れてもらおうかな」

老人はセルーンに言って、兵たちが頭を下げる前を、すたすたと幕屋に入っていく。

セルーンも、ザーダルに一礼して慌ててあとを追った。

待合の小部屋に落ち着いてセルーンが茶を淹れると、老人は満足げにすすった。

「……それで、よくも戻ってきたものじゃの」

やがて静かに老人は言った。

もちろん、昨夜の騒ぎは耳に入っているのだろう。

「お前さんも不思議じゃな」

老人はセルーンを見つめた。

「屈辱的な人質に取られ、それでも王から離れて暮らすことも可能だし逃げることもできたのに、あえて辛い道を選ぶ。なんの私心も抱かず、ただただ王の側にいて、王を理解したいと思っておる……他にそんな人間はおらぬ」

「いえ、私心を抱かず……と言うのなら、ザーダルさまもそうなのでは」

セルーンが言うと、老人は笑って首を振った。

「あれは私心ありありじゃ。乳兄弟として、誰よりも王に近い自分を周囲に見せつけたいという、権勢欲のようなものがある。自分自身のために、王に忠誠を尽くす。もちろん王にはそういう側近も必要じゃ。私利私欲にかられて陰で王に背くよりずっといい。だが、お前さんはそれとも違う」

そうなのだろうか。

どうして自分はこんなにもソリルの側にいたいのだろう。

もちろん、ソリルが好きだという気持ちを自覚したからではあるが、その「好き」の先に、自分は何を求めているのだろう。

ソリルが自分に心を開いてくれたとして、それで何がどうなるのだろう。

たとえば……ソリルが十年以上も前の、あの「アリマ」との時間を思い出してくれたとしても、それで何かが変わるとも思えない。

今のセルーンは、あのときの何も知らない子どものアリマではない。

ソリルも、孤独な人質の若者ではなく、大きな理想を持った「王」だ。

子どもの頃の記憶や約束など、覚えていたとしても、ソリルにはなんの意味もないことなのかもしれないし、セルーンも、過去を思い出してほしいのではなく、今の自分に、今のソリルが心を開いてくれたらと思う。

それが無理でも、セルーンが側にいることで、ソリルが少しでも寛《くつろ》ぎ安らぐ時間を持つことができれば。

だがそれは……絶望的な望みだ。

自分はソリルを怒らせることしかできない。

「私は……王のお側にいないほうが、いいのでしょうか」

思わず声を震わせると、老人は目を細めた。

「さて、それじゃ。お前さんのためになら、そうであるかもしれん。王の側にいるのは、お前さんにとって辛いことであるのなら、離れるという選択肢もある」

やはりそうなのか、とセルーンは肩を落として俯いたが、老人は穏やかに言葉を続ける。

「じゃが、王のためにと考えるなら、お前さんは王の側に必要かもしれん」

セルーンははっと顔を上げて老人を見つめた。

「そう……そう思われるのは……どうして……?」

「王はな、優しさを知らないのじゃ」

老人は静かに言った。

「生まれたときに、母を失った。同じ日に父君の、別な妻からも男子が生まれた。時間はもう一人のほうが早かったが、王の母君のほうが第一夫人であったゆえ、王が跡取りとされた……しかしそれは禍根を残したのじゃよ。王の母君が亡くなったからには、もう一人が当然第一夫人に繰り上がる。現在の第一夫人が産んだ、しかもわずかに早く生まれた男子の方が跡取りとなって当然だ、という人間も出てくる」

セルーンは息を詰めて、老人の言葉を聞いていた。

はじめて聞く、ソリルの生《お》い立《た》ちだ。

母を知らず、生まれながらにして、そんなに複雑な立場を背負っていたのか。

「父君は、利発な王に期待したからこそ、厳しかった。ザーダルの母親という乳母はいたが、接する時間は限られているし、王を甘やかすことも禁じられていた。わずかにわしだけが、少々王を甘やかしたかもしれぬな」

淡々と老人は語る。

確かにこの老人なら、穏やかに優しく、孤独で利発な少年を導いたことだろう。

だがそれは……親の慈愛とはやはり違う。

将来国を背負《しょ》って立つ人間として教育するのは、甘いだけではできないことだ。

実母に甘える兄弟や乳兄弟を、自分だけそういう存在を持たないソリルはどういう思いで見ていたのだろうか。

セルーンはといえば、父は末っ子であるセルーンに甘かったし、母や姉、兄たちや叔父たちも、もちろん時には厳しく、しかし優しくセルーンを可愛がってくれた。

そんな自分には、ソリルの孤独は想像もつかない。

「そして、ある程度の年になれば、人質生活じゃ」

老人が言葉を続け、セルーンはぎくりとした。

それは……

「私の、国に」

震える声で言うと、

「そのころ、お前さんはまだ幼い子どもであったじゃろうがの」

老人は頷く。

「あれはあれで厳しいものであったようじゃが、それでも逃げ戻ってきたときには……どこか深いところで変化があったようじゃ。人質生活の間に何があったのか王は語らなかったが、何かしら心に響く出来事でもあったのかもしれん」

それは……自分とのことだろうか？

いいや、そこまでセルーンは自分を過大評価することはできない。

「心に響く何かがあったのなら……闇夜に逃げ出す必要は……なかったのでは……？」

あんなふうに再び戦になる危険も顧みずに逃亡したのは、あの生活に本当に耐えきれなくなっていたからのはずだ。

老人は首を振った。

「あれは、まさにあのときに戻らねばならなかったのじゃ。王の父君が亡くなり、一族は人質の王を見捨て、王の異母兄を族長に据えようとした。異母兄は草原の考えに囚《とら》われたままの、平凡な男じゃ。あれに国を任せることはできぬ。わしとザーダルが、鳥を使った極秘の連絡で帰国を促したのじゃ」

「そんなことが……！」

セルーンは絶句した。

まさにあのとき帰国しなければ、草原の国々をまとめるという理想が遠ざかるどころか、国から捨てられ、亡国の徒となるところだったのだ……！

鷹《たか》や鳩《はと》などを、通信に使う方法があると聞いたことはある。

もしかするとソリルはこの師父と、万が一の事態に備えてそういう方法も取り決めてあったのかもしれない。

「それで……王は帰国して……」

「異母兄を討った」

さらりと老人は言った。

もちろんそれはそうだろう。生かしておいては禍根が残る。異母兄を担ごうとした人間ともども、討ち果たさなくてはならない。

「準備はわしと考えを同じくする者どもで進めておったが、勝てる見込みは実のところ薄かった。しかし王が戻り指揮を執った瞬間、形勢は逆転した」

人物を見れば、異母兄との違いは一目瞭然《りょうぜん》であったのだろうか。

そうやってソリルは自分の国を取り戻し……それから、草原の国をまとめるという大事業に取りかかったのだ。

なんという過酷な人生だろう。

その過酷な道のりを、老人もザーダルも、傍らで支えてきたのだ。

セルーンの知らないソリルを。

王は優しさを知らない、と老人は言った。

それは誰かから無私の慈愛を注がれた経験がないというだけではなく、自分自身が、誰かに優しくするということを知らない、という意味なのかもしれない。

優しくしていては、生き残れなかったのだ。

セルーンは、自分の指先が冷え切っているように感じ、思わず拳を握り締めた。

「お話を伺えば伺うほど……私など、王のお側で何ができるのか……」

ぬくぬくと育った自分に、ソリルを理解できるわけがない。

ソリルもきっと、そういうセルーンを見て苛立つのだ。

すると……ふいに老人が身を乗り出し、握り締めたセルーンの拳に、皺《しわ》だらけの自分の手を重ねた。

「そういうお前さんだからこそ……無私の優しさで、いつか王の心を開かせることができるのではないか、とわしは思う」

セルーンははっとして老人を見つめた。

老人は静かに頷く。

「それはお前さんにとっては見返りのない辛い道になるかもしれんが、わしはどうしても、王のことを第一に考える。そして王のために、お前さんのような存在が必要だと思うから、その辛い道を敢《あ》えて選んでほしいと思う」

ソリルを誰よりも知っている師父が、ソリルのために、セルーンが必要だと言ってくれる。だとしたら、その言葉を信じたい。

それがセルーン自身にとっては、辛い道だとしても。

「では私は……無私の心で、ただ心を込めてお仕えすればいいのですね」

セルーンの声に決意を聞き取ったのだろう、老人は頷き、数度セルーンの手を優しく叩いてから、手を離す。

「師父どの！　王のお側へ！」

部屋の外からザーダルの声がして、老人はゆっくりと立ち上がった。


風が、何か不穏な気配を運んでくる。

そう感じるのは、セルーン自身の心がどこかに不安を抱えているからだろうか。

王の師父である老人と話し、ソリルに仕え続ける決意を固めたものの、私室に戻ってきたソリルがやはり冷たい拒絶の空気を身に纏《まと》っているのは変わらない。

それでもセルーンは、いつもと同じように振る舞おうとつとめた。

運ばれてきた食事を受け取り、ソリルの前に並べる。

しかしふと、遠くから何かのざわめきのようなものが聞こえた気がして、思わず耳をそばだてた。

「なんだ？」

ソリルも呟くように言って、幕屋の外の気配に耳を澄ます。

と――

「敵襲――！」

空気をつんざく叫び声がした。

その瞬間、ソリルが傍らに置いていた刀を持って立ち上がる。

「敵襲！」

「南から、敵が来たぞ！」

「武器を取れ！」

「女子どもは北へ逃がすのだ！」

次々に聞こえてくる叫びを聞きながら、ソリルは幕屋の外に走り出る。

セルーンはとっさにソリルの武具部屋に飛び込み、革鎧《かわよろい》と手甲を抱え、ソリルを追った。

「馬を！　ザーダル、報告！」

ソリルが叫び、ザーダルが駆け寄る。

「南から、たいまつをかざした大群が」

「草原の？　東の？」

「東です！」

老人から聞いた、言葉も風習も違うという東の国が攻めてきたというのか。

「南に向かって一の陣形！　押し戻せ！　女たちが逃げる時間を稼ぐのだ！　弓隊は前へ、投石部隊は左右を固めろ！」

引かれてきた馬に飛び乗ろうとしたソリルに、セルーンは慌てて革鎧を差し出す。

「これを！」

ソリルは一瞬、驚いたようにセルーンを見つめたが、すぐに革鎧に腕を通し、両脇の紐をセルーンが締めるのに任せて手甲をはめた。

一瞬で支度は済み、ソリルは馬に飛び乗る。

さっと周囲を見回したソリルの視線が、セルーンと出会ったが、すぐに逸れ、ザーダルを見る。

「……ザーダル、このものは女たちと北へ逃がすのだ！」

感情を抑えた声でそう言って、ソリルはすぐに馬の腹を蹴り、近衛の兵を周囲にかき集めながら走り去っていく。

ザーダルがセルーンを見た。

「厩《うまや》から適当な馬を選んで、北へ向かえ」

しかしセルーンは首を振った。

「私も戦います！　お役に立てます！　どうか！」

縋るような訴えにザーダルが躊躇《ためら》った瞬間、

「敵が見えたぞ！　千騎はいる！」

叫びが聞こえる。

ザーダルは唇を噛み、

「武器は何を？」

短く尋ねた。

「弓を！」

セルーンが答えると、ザーダルは自分が背負っていた弓と矢をセルーンに渡した。

「あなたは」

「俺には刀がある。急げ！」

そう言ってザーダルは走り去る。

セルーンは逃げ惑う女たちの間を縫い、兵士たちの間を走って、近くの厩に向かった。

厩掛《うまやがかり》が、次々に馬を引き出して鞍《くら》を載せ、自分の馬が手近にいなかった兵たちが手当たり次第に手綱を摑んでいる中に入っていく。

一頭の馬の姿が目にとまった。

あの、草原で迷った夜、セルーンを乗せて都まで連れ帰ってくれた馬だ。

「おいで！」

セルーンが叫ぶと、馬はセルーンに駆け寄ってきた。

手綱を摑んで飛び乗る。

どちらへ向かえばいい？

もちろん、敵に面した南側だ。ソリルが向かった方だ。

夜とはいえ、雲ひとつない空に満月が煌々《こうこう》と輝いている。

「はあっ！」

腹に蹴りを入れ、セルーンは南を目指した。


ソリルの側へ。

ソリルの側へ。

セルーンが考えていたのはそれだけだった。

ソリルの兵たちは訓練が行き届いている。敵襲があれば、女子どもを反対側へ逃がす部隊が動き、随所にある厩と武器庫が解放され、ただちに陣形を整え、伝令が走り回って情勢と命令を伝える。

草原の、ただただ男たちが騎馬で向かい合う戦とはまるで違うもので、だからこそセルーンの国も、あっという間にソリルの軍に負けたのだ。

そういう軍の中で、セルーンには決まった役割が与えられていないぶん、自由に動ける。

敵は、見たこともない軍勢だった。

夜の中に光る鎧は金属なのだろうか。馬にも鎧を着せている。そのぶん、重い。

騎馬だけでなく徒歩の兵も大勢いる。

構えているのは柄の長い槍《やり》だ。

その槍部隊が壁のように一列になって押し寄せてくれば草原の軍はたちまち押し戻されてしまうだろう。

そうなる前に、まず弓で相手を崩すべきだとセルーンは思い、ソリルの指揮も同じらしく、馬上で弓を構えた兵たちが次々に前へ送り出されていく。

セルーンもザーダルの弓を構え、彼らに続きながら「王の居場所」を探す。

「右！」

近くにいた誰かが叫び、はっと右を見ると、敵の一部が右からうねるようにこちらへ向かってくるのがわかった。

とっさに弓を構え、射る。

弓を構えるのは久しぶりだし、ザーダルの弓は少し重いが、それでもやはり自分の武器はこれだ、とセルーンは感じた。

ひゅん、とセルーンが射た弓が、敵の先頭の兵に当たったのがわかる。

「当たったぞ！　行け！　崩せ！」

味方が活気づき、雪崩《なだれ》を打ってそちらに襲いかかっていく。

セルーンはその流れに巻き込まれないように下がり、左右を見回した。

と、幾筋もの兵の流れの中に、固まって動かずにいる数騎の影が遠くに見えた。

平坦な草原の中にもわずかにある起伏の、少し高くなった場所だ。

数頭の馬がそこに駆け寄っては離れていくのがわかる。

おそらく――あれだ。

ほんの二、三人が守っているだけだが、伝令があそこから出ている、あそこにソリルがいるのだ。

セルーンがそちらに向かって馬を走らせると、斜めの方角から、同じように王の居場所に駆けよっていく一騎が目に入った。

伝令だろうか？

しかし……その一騎が来たと思える方向は、むしろ敵が攻めてくる方向だ。

馬上の鎧が光っている。

――敵だ！

セルーンはぎょっとした。

敵の陣を抜け出して、こちらの手薄な部分を駆け抜け、ただ一騎で真っ直ぐにソリルに向けて突っ込んでいく。

王一人を倒せば勝てると思ってのことか。

敵味方の兵が入り乱れはじめたあたりで、誰もその一騎の動きには気付いていないように見える。

「王を！」

セルーンは馬を走らせながら叫んだ。

「王を守れ！　敵が王に向かっている！」

喧噪《けんそう》の中、この声がどれだけの人に届いているのか見当もつかない。

馬は全力で走るが、自分と敵と、どちらが先にソリルのもとに辿り着くか微妙だ。

だったら――――！

セルーンは馬上で弓を構えた。

敵に狙《ねら》いをつける。

一度目ははずした。もう少し距離を詰める。

早くしなければ、敵はソリルに近付く。刀か槍か弓かわからないが、弓なら今の距離から、ソリルに届いてしまう。

セルーンは馬上でもう一度狙いをつけ、射た。

相手がぐらりと揺らいだのがわかった。

同時に王の側を守っていた兵たちもようやく敵に気付き、王を守るように囲む。

敵がなおも馬上で身を起こそうとしているのを見て、セルーンは疾走する馬の上でもう一度矢をつがえ、かなりの至近距離から射た。

敵がどうっと馬から落ちる。

そのまま勢い余ってセルーンの馬はソリルを囲む兵の中に飛び込みそうになり、慌てて手綱を引いた。

「お前か！」

ソリルが驚いてセルーンを見た。

「ご無事でしたか！」

セルーンは息を切らせながらソリルを見た。

「逃げろと言ったはず――」

「お側に！」

短い言葉で決意を伝え、セルーンはソリルの隣に並んだ。

ソリルはそれ以上セルーンには何も言わず、兵たちに叫んだ。

「敵は見かけほど多くない！　左翼に伝令を、五の陣形で押し戻せ！　倒さずとも、今は押し戻せばいい！　右翼は外から回り込んで砂地に追い込み、動きを封じろ！　後方からたいまつの補充を急げ！」

次々にソリルが指示を飛ばし、伝令たちが駆け寄っては散っていく。

これは……草原の戦い方ではない。こんなふうに伝令を使い、整然と、一人の人間が指揮を執って全軍がそれに従うなどというやり方は。

ソリルはいつの間に、こんな戦い方を自分のものにしたのだろう。

いや、草原の国をひとつにまとめると決めたときから、これまでとは違うやり方を目指し、実現してきたのだ。

セルーンにはソリルの戦い方が完全に理解できるわけではないが、満月とは言え夜間の奇襲に動じない備えができていたのだとわかる。

セルーンはソリルの側で、囲みを抜けて駆け寄ってくる敵兵がいないかと四方に目をこらした。

その目が、周囲とは明らかに違う動きをしている一角を捕らえた。

囲みを破ってこちらに向かってくる敵兵だ。

みるみる近付いてくる。

「左から三騎！」

セルーンは叫んで矢をつがえた。

二人は続けて倒す。

もう一人、と思って構えた瞬間、セルーンの横から何かが馬に体当たりしてきた。

敵の弓にやられた味方の馬が、こちらに倒れ込んできたのだ。

馬が暴れて平衡を失ったセルーンの目に、残り一騎の敵兵がすぐ側まで来ており、死にものぐるいの形相で刀を振り上げているのが目に入った。

ソリルがやられる！

とっさにセルーンは馬の腹を蹴り、敵とソリルの間に割り込んだ。

目標を失った刀が真っ直ぐにセルーンの頭めがけて降りてくる。

「危ない！」

叫んだのは、自分だったのかソリルだったのか。

瞬間、セルーンとソリルの視線が出会った。

死ぬな、と——蒼ざめたソリルの顔が、驚愕を浮かべた瞳が、確かにそう言っているのが見えたような気がして……

ソリルの刀が光り、敵兵の刀を受け止めるのと同時に、三頭の馬がぶつかって絡まり合い、どうっと地面に倒れる。

地面に投げ出されたセルーンは、息が詰まり、一瞬どちらが上か下かすらわからなくなった。

なんとか手をついて上体を起こす。

大丈夫だ、たいした怪我《けが》はしていない。

そして――ソリルは？

慌てて左右を見回すと……傍らにやはり馬から投げ出されたらしい一人の男が横たわっているのが見えた。

夜目に目をこらさずとも、敵兵の鎧だとはっきりわかる。

額に刀の一撃を受けて、すでにこときれている。

そして少し離れた場所に、もう一人、横たわる姿があった。

乱れた黒髪が地に流れ、月明かりにソリルの顔が青白く見える。

「ソリル！」

セルーンはソリルに駆けよった。

震える手で、そっとその身体を揺する。

「ソリル……ソリル！」

ソリルは目を閉じたまま、ぴくりとも動かない。

セルーンは周囲を見回して声を張り上げた。

「誰か！　誰か、王が！」

その周囲で、

「敵が崩れたぞ！」

「押し戻せ、今だ！」

「逃げ遅れた兵は逃がすな、だが深追いするな！」

勝ちを確信した兵たちの声が響き渡っていた。


静まり返った王の寝室で、セルーンはソリルの顔をじっと見つめていた。

隣の王の居間には、常には出入りしない医師や薬師《くすし》、ザーダルや師父などがひっそりと控えている。

ソリルは静かに目を閉じていて、呼吸は穏やかだ。

落馬した際に、強く頭を打ったのだと医師は言った。

目立つ傷はなく、目を覚ましさえすればあとは大事ないはずだと言うが、その「目を覚ます」かどうかがわからない。

敵は、最終的にかなりの数を失って敗走した。

もともと、奇襲をかけてソリル一人を討つのが目的だったらしく、それに失敗して士気は落ちていることだろう。

だが敵は攻め入る際と退却する際に、かなりの家畜を殺していった。

それは、草原の民の戦では考えられないことだった。

草原の戦は水場と草地の奪い合いだ。場合によっては家畜を連れ去ることもあるが、それでも負けた民からすべてを取り上げるようなことはしない。

それを、意味もなく殺すとは。

そして、敵の大将一人を討つために、多大の犠牲を払いながら敵のただ中に一騎や二騎で突っ込んでくるやり方も、草原の戦ではない。

ソリルが目を覚ますのをひたすらに待ちながらも、セルーンの耳に切れ切れにそんな報告が入ってきて、セルーンは王の師父である老人の言葉を思い出していた。

考え方がまるで違う相手。

言葉も風習も考え方もまるで違う人々がいて、そういう人々の国がある。

そんな相手が草原に攻め込んでくるときに、草原の民が互いに相争っている場合ではない、ひとつにまとまって対処しなくてはというソリルの理想の意味が、はっきりとわかる。

そして、草原の民をまとめることができるのは、ソリルしかいない。

今セルーンは、自分もそれを見届けたい、という強い思いを自覚していた。

ただただソリルが好きで側にいたい、いつかソリルが心を開いてくれたら、という希望だけではない。

ソリルが過酷な運命を乗り越えて目指す理想の世界を、セルーンも見たい。

草原の民がソリルのもとにまとまり、周辺の国に征服されることも、草原の民同士で争うこともない、ひとつの国を作り上げる姿を見たい。

そしてできることなら、そのソリルを支え、自分もソリルの理想の実現の力になりたい。

いつしかセルーンの中に、そんな思いが芽生えていたのだ。

ソリルは草原の民すべてにとってなくてはならない人だ。

そのソリルの目覚めを、夜通し、すべての民が待っている。

セルーン一人を王の寝台に付き添わせることに、反対の声はなかった。

セルーンが馬を飛ばして王の側に駆けつけ、王を守って戦ったことは、側にいた兵たちの口から皆に伝わっている。

人々は静かな敬意とともに、付き添いをセルーンに委ねた。

だがセルーンは、ソリルがこんな状態になったのは自分のせいだと感じる。

あのとき……とっさに敵兵とソリルの間に割って入ったとき、セルーンの馬は完全に平衡を失っていて、セルーンは弓を構えるどころではなかった。

そして敵兵の刀がセルーンに振り下ろされそうになったのを、ソリルの刀が止めたのだ。

その瞬間、三頭の馬が完全に絡み合って、そして倒れ……投げ出された。

つまりソリルは、セルーンを庇《かば》ったのだ。

ソリルの行動がなければ、セルーンの頭は敵の刀にかち割られていただろう。

セルーンがソリルを守らなければいけなかったのに、ソリルがセルーンを助けた。

つまり……ソリルが負傷したのは、自分のせいなのだ。

ソリルの支えになるどころか、邪魔立てしたようなもの。

そう思うとセルーンの胸は抉《えぐ》られるようだ。

目を覚ましてほしい。

力なく垂れたソリルの手を両手で握り、どんな小さな変化でも見逃すまいと、目を閉じているソリルの顔をひたすらに見つめる。

このままソリルを失ってしまったら、自分は一生後悔する。

ソリルに会いたくて、ソリルの側にいたくて、自分はいまここにいる。

だがまさに、自分がいることが原因で、ソリルを失うことになってしまったら、セルーンの決意自体が間違っていたのだということになる。

そうなったら悔やんでも悔やみきれない。

ソリルが目を覚ましてくれたら、そしてソリルがもうセルーンを側仕えとして必要としないというのなら、静かに退こう。

ソリルの傍らで理想の実現を見届けるという願いは叶《かな》わなくなるが、どうしようもない。

ソリルが望むままに、女たちと一緒に、人質としてひっそり生きていこう。

それがソリルの望みなら。

たとえ直接ではなくても、ソリルの——王の気配を感じていられる場所で、遠くからその動静を見守るだけでいい。

いや、今この瞬間、セルーンが命を捧げることでソリルが助かるというのなら、この命を投げ出してもいい。

自分の命を注ぎ込むことでソリルが生きてくれるのなら……！

だが実際には、セルーンが死んだところでソリルが助かるわけではない。

自分はなんの役にも立てない。

ただただこうして、傍らで見守る以外。

少しでも何か変化が見えたら、隣にいる人々を呼ぶこと以外。

そうやって、己の無力さを感じながらもひたすらにソリルの顔を見守り続け、どれだけの時間が経《た》ったのか——

時折医師や薬師、王の師父やザーダルが様子を見にかわるがわるそっと寝室に入ってくる間も、セルーンは寝台の傍らに跪いていた。

変化がないと見て人々はまた静かに居間に下がり、セルーン一人になる。

さすがに身体が疲れ果て、セルーンを見ていたいという意思とは裏腹に瞼《まぶた》が下がってきそうになるのを必死で堪えているが、いつしか意識が薄れ……

かくんと身体がのめりそうになって、セルーンははっと目を開けた。

いけない。

慌ててソリルの顔を見て、セルーンははっとした。

ソリルが……目を開けている。

目を開けて、こちらを見ている。

セルーンを、何か不思議なものでも見るようにじっと見つめていたが、やがてふっと目を細めた。

優しく、そしてどこか戸惑うように。

セルーンは驚きや安堵《あんど》とともに、何か温かく懐かしいものが胸を満たすのを感じた。

ソリルだ。

昔の……ソリルがここにいる。

ソリルは微笑《ほほえ》みながら数度瞬《まばた》きし、一度視線を空に泳がせ……それからセルーンをもう一度見た。

「お前は無事だったのだな」

少し掠《かす》れた声。

「は……はい、王のおかげです」

大きな声を出して居間にいる人々を呼んだらこの優しい空気が壊れてしまうように感じて、セルーンは小声で言った。

ソリルは頷き、それからまた何か思い出そうとするかのように、もう一度セルーンから視線を逸らし……それからはっとしたように見えた。

「それで？　敵は？」

その声に「王」としてのソリルの力強さが戻っている。

ソリルはもう大丈夫なのだ、とセルーンは確信して、全身が安堵に満たされるのを感じた。

「敵は、退きました」

「俺は……どこか怪我をしているのか？」

「いいえ、落馬なさって、気絶を……でも大きなお怪我はありません」

セルーンの答えを聞き、自分の身体を確かめるようにソリルは腕を動かそうとして、セルーンの手に握られている自分の手に、不審げに視線を向けた。

慌ててセルーンはその手を離した。

「し……失礼を……」

セルーンが離した自分の手をソリルはしばらく無言で見つめていたが、やがて何かを握り込むように、そっと丸める。

そしてふと何かに思い当たったように、セルーンに尋ねた。

「ずっとここにいたのか」

わずかに眉を寄せて。

手を握っていたことが不愉快なのだろうか、と思いながらセルーンは少し寝台から身体を離し、腰を浮かしかけた。

「あの……隣に皆さまが……お呼びします」

「待て」

ソリルの手が、セルーンの腕を摑む。

「お前は……勇敢に戦った。敵を倒し、俺を助けた。お前はれっきとした草原の戦士だ。それなのに……」

一瞬、言葉を探すように躊躇う。

「それなのになぜ、力に屈して俺に従うのだ？」

その声に、辛そうな響きを感じ取り、セルーンははっとしてソリルを見つめた。

ソリルの眉は、いつものように苛立ちを含んでではなく、どこか切なげに寄せられている。

まるで……まるで、心のどこかが痛みを感じているかのような。

そしてその痛みを、後ろめたく感じてでもいるかのような。

どうして、何が、ソリルにそんな顔をさせるのだろう？

それに、ソリルの問いの意味。

セルーンが、力でソリルに屈したと思っていて……それがソリルにとって本意ではない、ということなのだろうか？

セルーンはもう一度寝台の脇に膝をつき、ソリルを見つめた。

「私があなたにお仕えするのは、あなたに心を捧げると誓ったからです」

穏やかに、しかし力を込めてはっきり言うと、ソリルの眉間《みけん》の皺が深くなった。

「そんな……無理強いの誓いに、何か意味があると思うのか」

無理強い……？

驚いてセルーンは首を横に振った。

「無理強いなどではありませんでした。人質としてこの国に来たのも、あなたに心を捧げ、お側でお仕えしたいと思ったのも、私の意思です」

すべては、力に屈したわけではなく、自分の意思だった。

ただ力に屈したのなら、一度抱かれたあとは言われたとおりに女たちと暮らし、王の訪れがなく、顔も合わせないことに安堵していただろう。

しかしソリルはセルーンの言葉が理解できない、というように首を振る。

その瞳に困惑を浮かべて、

「俺には理解できない。お前が、どうしてそんな……そもそも俺は」

その言葉の続きに、何かソリルの本心のようなものが続く気配を感じ、セルーンは思わず息を詰めて聞き取ろうとしたとき。

「失礼、今、王の声が――」

居間と寝室を隔てる厚い垂れ布が捲《めく》られ、医師が顔を覗《のぞ》かせた。

「おお！　王がお目覚めに！」

「なんと！」

「よかった！」

居間にいた人々が寝室を覗き込む。

「王！　安堵致しました！」

「お加減は？　目眩《めまい》などはございませんか？」

部屋の空気が一瞬にして変わり、ソリルの顔にさっと薄膜がかかったかのように感情が消え失《う》せ、人々に向けられる。

寝台に近付く人々と入れ替わるように、セルーンは立ち上がって寝台から離れた。

ソリルの本心に届きそうだった、あの瞬間は消え失せてしまったのだ……おそらく永遠に。

そのまま静かに寝室から出ると、ふと膝の力が抜けるように感じた。

「おい」

その場に頽《くずお》れそうになったセルーンの腕を摑んで支えたのは、ザーダルだった。

「疲れたのじゃろ」

傍らから、王の師父がセルーンの背中を優しく叩く。

「少し休むがいい」

「……はい」

セルーンは頷いた。

確かに、戦いからそのまま休む間もなくソリルに付き添っていた。

疲れていて当然なのだろう。

「歩けますから……ありがとうございます」

ザーダルにそう言って、手が離れると、よろめくように自分の小部屋に入る。

倒れるように横になりながら、セルーンは、身体の疲れとは違う何かを感じていた。

そう……哀しみ、だろうか。

目覚めた瞬間ソリルの目の中にあった、あの戸惑うような優しさ。

昔のソリルがそこにいる、と思った。

そして、セルーンが自分の意思でソリルの側にいるのだと聞いて切なげな戸惑いを浮かべた瞳。

もう少し……もう少しで、ソリルの心に手が届きそうだったのに。

だがその瞬間は泡のように消えてしまった。

セルーンにわかるのはただ、自分の言葉がソリルを傷つけたのだということだけだ。

何がいけなかったのだろう。

自分の意思で、心を捧げると誓ったのだと……それがどうしてソリルにとって不快な答えだったのだろう。

どちらにしても、セルーンの存在はソリルにとっての安らぎになどなり得ない。

そういうことなのだ。

それが辛い、と感じながらも、疲労に負けて、いつしかセルーンは意識を手放していた。


「王！」

王の私室の外からザーダルの声が聞こえ、セルーンははっと目を覚まし飛び起きた。

切羽詰まった声は、何か異変が起きたことを示している。

急いで居間に飛び出すと、ソリルも同時に、自分の寝室から飛び出してきた。

「何ごとだ」

「敵が動いています。目標を変えた模様」

「詳しく聞かせろ」

ソリルは厳しい顔つきでそう言って、セルーンには見向きもせず、部屋着のまま大股《おおまた》で私室を出ていく。

これから何か、動きがあるに違いない。

セルーンはそう悟って、急いで自分の衣服を調え、ソリルの衣裳《いしょう》や武具が収められている部屋に入った。

ソリルの服はほとんどが、黒が基調のものだ。

その中から、革鎧の下に着るのにちょうどいい、細身の上着を選び出す。

襟元《えりもと》と脇の紐を解いてすぐに着られるように広げ、同じ生地の下袴、生地にあまり厚みのない銀の帯、革鎧の胴着とすね当てなどを身につける順番に並べる。

ほどなく、ソリルが居間に戻ってきた。

セルーンが準備した一式を見てちょっと眉を上げ、頷いてから、セルーンを見つめた。

「敵が向かっている先は、お前の国だ」

「え」

セルーンが驚いてソリルを見つめ返すと、ソリルは厳しい顔で頷く。

「出陣だ。望むならお前も来い」

ソリルが、出陣するというのか。

敵が向かった先がセルーンの国なら、ソリルには無関係のはずだ。

矛先が変わったなら当面は安心して、次の戦に備えればいいのではないだろうか。

「王が出陣を……兵を率いて……？　どうして無関係の私の国を助けて下さるのですか？」

「無関係ではない」

ソリルは首を振った。

「同じ草原の民だ。お前も見ただろう、敵は全く違う考え方をする。だが草原の民は、言葉も考え方も同じだ。俺は草原の民すべてを守るために、草原をひとつにしようとしているのだ」

「でも……父は、あなたの誘いを……断りました」

セルーンの言葉に、ソリルは唇を噛むと……セルーンを見つめた。

わずかに蒼ざめて。

「だからお前はここにいる」

そうだ。

草原をまとめようとするソリルの使いに、古い考え方の族長であるセルーンの父はまともに取り合わなかった。

だからソリルはやむなくセルーンの国を攻め、セルーンを人質に取った。

それは……セルーンの国がうかつにソリルの国を攻めないための保険であって、ソリルはセルーンの国になんの義理もないはずだ。

それが、セルーンとソリルの間に横たわる、現実だ。

それなのに……同じ草原の民だから、異民族の攻撃から守るために兵を率いる。

それこそが「王」としてのソリルの姿、セルーンが見届けたいソリルの理想。

「時間がない。お前も行くか、ここに残るか」

ソリルが急《せ》かすように尋ね、セルーンははっとした。

「お供します！」

「ではお前も支度をしろ。俺の武具の中から好きなものを選べ」

そう言いながらソリルは自分でてきぱきと、上着と鎧を身につけていく。

セルーンはソリルの武具の部屋に入った。

数種類ある弓の中から軽そうなものを選び出す。

革鎧などは細身のセルーンに合うものはないので、腕当てだけを選び、草色の上着の上に直接矢筒を背負った。

セルーンの姿を見てソリルは頷く。

「行くぞ」

ソリルに従って部屋を出ると、ザーダルや大臣たちがすでに身支度をして待ち受けていた。

「補給部隊は先発させたか」

「はい、先ほど」

「馬を。北よりから回り込む。ザーダルは残って、用意でき次第、二陣を送り出せ」

「は」

歩きながら次々に指示を出し外に出ると、ソリルの黒馬と並んで、栗毛の馬が準備されていた。

セルーンが迷ったときに連れ帰ってくれ、そして今回の戦でもセルーンを乗せて走ってくれた馬だ。

つややかな毛並みは、あのあとちゃんと世話をされ、元気いっぱいであることの証《あかし》だ。

「お前とそいつは相性がよさそうだから、その馬はお前にやろう。名はケレル」

ソリルが自分の馬に跨がりながら言った。

ケレル。光。

馬というのは財産だ。よい馬であれば幕屋十張の値がつく。

そんな馬を、セルーンにくれるというのだ。

だったら、それだけの働きをしなくては。

「ケレル、よろしく」

セルーンが首を軽く叩くと、ケレルは頭を嬉しそうに上下に振る。

ひらりとケレルに飛び乗ると、セルーンはソリルの馬にぴったりと並び、故郷を目指して走り出した。


「父上!」

セルーンは、幕屋の前で自分を出迎えた父に駆け寄った。

族長の幕屋は引き倒され、父は腕に怪我を負っているし、周囲を囲む叔父たちや兄たちもみな、髪は乱れ、鎧や衣服は汚れ、どこかしらに傷を負っている。

それでも……無事だった。

セルーンは父の前に膝をついた。

「ご無事で……っ」

声を震わせるセルーンの肩に、父が手を置く。

「ソリルのおかげだ。我々は彼に、どう礼を言ったらいいのかわからぬ」

その言葉に、セルーンは背後を振り返った。

そのソリルが、少し離れたところでセルーンと家族の再会を見ている。

敵は出会った家畜を殺しながら、セルーンの一族の、族長の宿営地を襲った。

一族は急襲を受けて一時はちりぢりになったが、ソリルが率いる王の軍が背後から援護に現れて敵を押し戻し、そしてソリルの指示を受けた、別働隊が敵の両脇から襲いかかった。

そうやって敵は、セルーンの国の東端にある荒れ地に押しやられた。

そこはジネズミの大群が巣くっている場所で、慣れない敵が巣穴に馬の足を取られて崩れたところに、全軍が襲いかかったのだ。

決定的な勝利だった。

そして今、取り戻した宿営地で、一族はソリルを迎えている。

「王と、お呼びください」

セルーンは立ち上がりながら父たちに言った。

「草原の、三つの国をまとめている王です。その力で、敵を打ち破ったのです」

セルーンの言葉に、父はソリルの前に進み出て、膝をつき、胸の前で拳を合わせた。

「王よ」

恭《うやうや》しく呼びかける。

「あなたの言葉を理解しなかった我々をお許しください。我々は、あのような敵がいることを知らなかったのだ。言葉も服装も違う、そして平気で家畜を殺すような、あのような敵がいることを」

ソリルは静かに頷いた。

「警告はしたが、実際にその目で見るまでは本気にできなかったのだろう。それはよくわかっている」

共通の脅威があるからまとまるべきだとソリルの使いが知らせたことを、父は本気にしなかった。

だが今、敵は殺しても家畜は殺さぬ、という草原に共通の掟《おきて》を平気で破る敵の出現に、さすがの父も自分が間違っていたと悟ったのだ。

「王よ」

父は顔を上げ、再び呼びかけた。

「我々は、我々の不明を恥じるばかりだ。我々には、我々をまとめ、率いてくれる誰かが必要なのだとわかるし、それはあなたしかいないと、それもわかる。我々をあなたの配下に加えていただきたい」

それから、わずかに躊躇った。

「あなたを質としてこの国に置いていたときの無礼をお許しいただけるのなら……だが」

父のソリルに対する扱いは、おそらく特段むごかったわけではない。

草原の国々で人質をやりとりした場合の、ごく普通の扱いだった。

だがそれでも、決して心温かく遇したわけではない相手にこうして救われたことは、父にとって負い目であるのだろう。

「あれは、ああいうものだった」

ソリルは穏やかに答える。

「それに、あの日々の中で得たものもあった」

独り言のように呟《つぶや》いてから、セルーンの父に手を差し出す。

「立たれよ。俺はあなたに、力尽くの服従を強いるわけではない。あなたにはこれから、他の、まだ古い考えに囚われている草原の国々を説得する役目を担ってほしいのだが」

「それはもちろん！　やらせていただきたい！」

セルーンの父は頷いた。

父は草原の国々の族長の中では、最年長の部類に入る。その父の言葉なら聞き入れる族長たちも多いはずだ。

父は勢い込んで言葉を続ける。

「そして、次に敵が攻めてきたときには、先陣を切らせてもいただきたい！」

ソリルは軽く首を振る。

「それは、心意気だけ受け取っておこう。おそらく敵は今回の遠征で相当な打撃を受けたから、立て直すには数年かかるだろう。こちらはその間にひとつの国としての体裁を整え、戦によらずとも、対等に交渉できる立場になることを目指すのだ」

ソリルの傍らでその言葉を聞いていたセルーンは、はっとした。

草原の国をひとつにまとめる。

それは、敵に対抗し、戦で勝てるようにするためだと思っていた。

だがソリルはさらにその先を見ている。

対等な交渉相手である大国になれば、敵もそう簡単に攻め入ってはこない。

ソリルが目指しているのは、そういう国、そういう世界なのだ……！

自分も、その仕事を助けたい。

ソリルの傍らで、微力でもソリルを支えていきたい。

セルーンの国もソリルを王と仰ぐからには、状況も変わってそういう機会も与えられるかもしれないと、強く思ったとき。

「それでは、私は都に戻らねばならぬ」

ソリルが言った。

「もう？　王をお迎えしての宴などは？」

驚いてそう問う父に、ソリルは首を振る。

「多くの家畜を失ったこの地に、兵の駐留や宴などで余計な負担はかけたくない。このザーダルを置いていくので、被害の調査やこの冬を越すのに必要な援助の量などをまとめてほしい。ザーダル、最低限の兵だけ残して、残りは帰国を」

てきぱきとそう言ってから、またセルーンの父に向き直り、さりげなく付け足す。

「それから、もう質を取ったり取られたりする関係ではなくなったのだから、このセルーンはお返しする」

——え？

セルーンは、自分の耳がどうかしたのかと思った。

思わずソリルを見たが、ソリルはセルーンのほうを見もせずに、セルーンの父に視線を注いでいる。

「それは……それはありがたいことです」

セルーンの父は喜びを顔に浮かべ、叔父たちや兄たちが嬉しそうにセルーンを見る。

しかし……しかしセルーンは、驚きで心が凍りつくように感じた。

質はいらない。だから……返す、ここに置いていく、と。

つまりもうソリルは、セルーンを側に置くことを望んでいないのか。

そんな気はしていた。ソリルはなぜか、セルーンが心を捧げると誓ったことで、傷ついているように感じていた。

それでも……人質を取る関係ではなくなったからこそ、人質としてではなく、ソリルの理想に向かう国の中で、何かしらの役割を担えるのではないかと思った。

そうやってソリルに仕える中で、いつの日か信頼を得られるようになれば、それでいいと……ソリルへの思慕が叶わないとしても、ソリルの行く道をともに行く大勢の中の一人でいられれば、と、
それすらも、ソリルは拒絶するのか。

セルーンはソリルに誓ったのだ、心を捧げると。

ソリルの側で、ソリルに心を捧げて仕えるのだと。

誓わせたのはソリルだ。

それなのに……ソリルはこんなに簡単にセルーンを手放すのか。

この場にセルーンを置いて、都に戻るというのか。

「セルーン、お前も王に礼を――」

「どうして！」

父が言いかけるのと同時に、セルーンは叫んでいた。

「どうして……こんなふうに簡単に捨てるくらいなら、どうして最初から僕をここから連れ出したんだ！　僕は、ソリルが――ソリルに――」

声が震え、視界が曇る。

ソリルをなじる筋合いはない。

ソリルはソリルの思うようにすべきだ。

それでも、もうセルーンの顔も見たくないと思うのなら、はっきりと引導を渡し、誓いから解き放つべきだ。

もう仕える必要はない、と。

その上でセルーンがソリルを想い続けることは自由であるはずだ。

それなのに、こんなふうに、ただ突き放して去ってしまうなどというソリルの考えは、受け入れられない……！

ソリルが訝《いぶか》しげに眉を寄せてセルーンを見た。

「それが……お前の望みではないのか……？」

望み？

そんなわけがない。

「どうして⁉　誓ったのに‼」

ソリルはあの誓いを上辺《うわべ》だけのものだと思っていたのだろうか？

ソリルにとっては、セルーンの誓いはそんなに軽いものだったのか？

正式に解き放つ必要も感じない程度の？

幾度か、心が通った瞬間もあるように感じたのに……それはすべて、セルーンだけが勝手に思い込んでいたことだったのだ。

そう思うと、自分があまりにも情けなく、同時に、ソリルに対する怒りのようなものもふつふつと湧《わ》いてきて、どうしていいかわからなくなる。

だが……とにかく、ソリルは自分を捨てるのだ。

それだけは確かだ、と思うと。

「——っ」

セルーンはその場にいるのが辛くなり……ソリルに与えられた馬、ケレルに飛び乗ると、無我夢中でケレルの腹を蹴って走り出した。


どれだけ走っただろう。

あの場を飛び出したものの、どこへ行くという当てがあるわけでもない。

セルーンに迷いがあるのを感じたのか、ケレルの足も遅くなる。

そうだ、このケレルだって、ソリルが自分を捨てるというのなら返すべきではないのだろうか。

そんなことを考え、ケレルを止めると、セルーンは気持ちを落ち着かせようと、ケレルから下りた。

何気なく周囲を見回し、はっと、自分がどこにいるのか気付いた。

草原の中に、崩れかけた石積みがある。

かつてここで……はじめてソリルに会ったのだ。

そしてその後も、ソリルとここを訪れ、のんびり話をしたりもした。

無意識に、そういうソリルの思い出に繋《つな》がる場所に来てしまったのだ。

セルーンは未練がましい自分が情けなくて唇を噛み、もう少し遠くのどこかに行こう、と思った。

「ケレル」

馬を呼び、ケレルが首を上げたとき……

「セルーン！」

馬の足音とともに、自分を呼ぶ声を聞いて、セルーンははっとした。

黒い一頭の馬が、黒髪をなびかせた一人の男を乗せて、みるみる近付いてくる。

ソリル。

セルーンがケレルの手綱を掴み直す前に、ソリルはセルーンの前で、馬から飛び下りた。

息を切らせているのに、顔はどこか蒼ざめている。

どうして追ってきたのだろう。

ソリルの顔を見るのは辛いだけなのに。

セルーンが戸惑いながら無言でいると、ソリルは周囲を見回し……石積みに目を留めた。

「……ここは」

それではソリルも、ここを覚えているのだ。

セルーンの胸がぎゅっと絞られるように痛んだ。

ソリルはここを覚えている。

それはソリルにとって、どんな意味を持つ思い出なのだろう。

セルーンにとっては、ただただ、哀しいほどに懐かしい。

「……ここに、あなたは、いた」

思わずセルーンが俯きながらそう呟くと……

「覚えているのか⁉」

ソリルは驚いたようにそう言って、セルーンの二の腕のあたりを摑んだ。

「お前はここを……ここにいた俺を、覚えているのか⁉」

その言葉に、セルーンも、ソリルが「覚えている」ことを悟った。

覚えている。

それなのに、まるでセルーンのことなど知らないかのように振る舞っていたのか。

そして、セルーンのほうもソリルを覚えていないなどと思っていたのか。

その瞬間セルーンの胸に湧きだしたのは、怒りに似たものだった。

「覚えていないとでも⁉　僕があなたを忘れたことがあったとでも⁉　いつか馬を並べて走ると約束したのに！」

激しい言葉が零《こぼ》れ出す。

ソリルの瞳が驚愕に見開かれた。

「まさか……だが……お前は幼くて……」

「七歳だった、それくらいの記憶はあるし、他のことは覚えていなくても、あなたのことは絶対に忘れなかった！」

二歳や三歳の幼児ではなかったのに、ソリルは、セルーンにとってあの日々が大切な記憶ではなかったと思っているのだろうか？

それは、ソリルにとってはどうでもいい記憶だったからだろうか？

「あなたが……人質を選ぶとき……僕を覚えていたから僕を選んでくれたんだと思ったのに、それなのにあなたは……僕の名前を尋いた……っ」

涙がぽろぽろ零れるのを止められない。

あの瞬間の失望。

ソリルが「アリマか?」と言ってくれれば……!

ソリルはセルーンの名前を知らず「アリマ」とだけ呼んでいた。セルーン自身、幼いころはそれが自分の本当の名前のように感じていたから、正式な名前など教えなかった、教える必要があるなどとも感じていなかった。

だからこそ、あの瞬間に「アリマ」と呼んでくれれば、ソリルは覚えていたのだと、信じることができたはずだ。

しかしソリルは蒼ざめて首を振る。

「お前は、俺の想像以上に、大人びて美しくなっていた。それでもお前のその瞳を、俺が忘れるはずがない。だが……お前が俺を覚えているかどうか自信はなかった。もし……俺が名を尋ねたとき、お前が『アリマ』と答えれば……だがお前はセルーン・サルヒと名乗った、だから俺は、覚えていないのだと……」

ソリルの語尾は途切れ、二人は呆然と見つめ合った。

覚えていた。わかっていた。

互いに。

もしあの瞬間ソリルがセルーンを見て懐かしげな笑みでも浮かべてくれれば、セルーンは誤解することなどなかっただろう。

だがそれは、セルーンも同じことだ。ソリルを覚えているそぶりなど見せなかった。

勝者として現れたソリルと、破れた側の族長の息子であるセルーンが、旧交を温めるような雰囲気の場ではなかった。

だからセルーンは、へりくだって正式な名を名乗る以外なかった。

「……アリマ」

ソリルは、セルーンの腕を強く摑んでいた手をそっと離し、躊躇うように、おずおずと、セルーンを呼んだ。

「俺は……そうと知っていたら……お前をあんなふうに扱うのではなかった」

それが、人質として選ばれた夜に自分を抱いたことだとわかり、セルーンは俯いた。

ソリルはあのことを後悔しているのだろうか？

そしてその後、セルーンを側に置いたことなども、すべて後悔しているのだろうか？

どこから、自分はソリルを苦しめるだけの存在となってしまったのだろう。

間違いはどこから始まったのだろう。

「僕が……アリマと名乗ったら……何か違っていた……？」

震える声で尋ねると、ソリルの瞳にも苦痛が滲む。

「少なくともお前に、あんなひどいことはしなかった。俺はあのとき、お前がただ力に屈したのだと思い、互いがそんな関係になってしまったことが口惜しくて、お前を挑発してしまった」

セルーンは、ソリルに抱かれることを「義務」と言い、ソリルはそれなら「抱いてください」と言うよう命じ……そしてセルーンは「抱いてください」と言った。

今思えばあれは、完全に、売り言葉に買い言葉だった。

それでもセルーンは、相手がソリルならいいと思ったのだ。

「それに」

ソリルが恥じ入るように低い声で言葉を続ける。

「お前が……俺に抱かれるつもりだとわかったとき、俺は当然、お前はすでに経験があるのだと思い……その、お前を抱いた見知らぬ誰かに、おそらく……嫉妬《しっと》したのだ」

「そんなっ」

セルーンは顔を上げ、ソリルの胸を両の拳で叩いた。

「そんなわけ……っ、ずっと、ソリルのことが忘れられなかったのに……っ、馬を並べるという本当の意味がわかってからも、それなら僕はあなたとそういう約束したんだと、そう思っていたのに……あなた以外の人に、あんな……あんなふうに……身体を……！」

「アリマ、セルーン」

ソリルは、自分の革鎧を殴りつけるセルーンの手を、両手で包んだ。

「それはすぐにわかった。それでも……やめられなかった。お前を抱けるのだという悦《よろこ》びと欲望は、もう止めようがなかった。それでも、俺はひどいことをしたな」

切なげに眉を寄せ、セルーンの瞳を覗き込む。

「俺はお前に優しくしたかった。だが、どうしたらいいのかわからなかった。俺には……誰かに優しくする、という方法がわからない。昔のお前にも、俺は冷たかっただろう。それなのにお前が、どうして俺に笑いかけてくれ、俺を慕ってくれたのか、俺にはずっとそれがわからず、だからこそお前が忘れられなかった」

それは、ソリルの師父から聞いて知っている。

ソリルが、生まれたその日に母を失い、父は厳しく、そして異母兄とは骨肉の争いとなり、優しさというものを知る機会がなかったのだと。

でも、違う。

ソリルは知っている、優しさを。

「あなたは……優しかった。ちゃんと、あのとき……」

最初は苛立ち、怒りをぶつけるように……しかし、セルーンに経験がないと気付いてからは、確かにソリルは優しかった。

一方的なソリルへの思慕に苦しむ自分を、あの優しさが支えてくれていたのだ、とセルーンは思う。

そしてその苛立ちや怒りが、誤解と嫉妬によるものだったのだとしたら。

「僕は、あのことを後悔なんかしていない」

「アリマ」

ソリルは驚いたようにまじまじとセルーンを見つめた。

「いや……セルーン。ここにいるのはもう、あの小さな子どものアリマではなく、誇り高く美しい草原の若者、セルーンなのだな」

苦しげに顔が歪《ゆが》む。

「それなのに俺は、お前が誇りを捨て、ただただ力に屈して媚《こ》びているのだと……そして、あのアリマをそんな人間にしてしまったのは、お前の国を力で蹂躙《じゅうりん》した俺のせいなのだと思って、苦しかった」

苦しかった、と。

ソリルも苦しんでいたのだ、と知ってセルーンの胸が詰まる。

蹂躙というほどのひどい征服ではなかった。家畜も殺すような東の国の軍勢とは違って、草原の掟に則《のっと》ったものだった。領土を切り取ることもなく、要求したのはただ人質だけだった。

「自分を、責めないで」

セルーンはおずおずと手を伸ばし、ソリルの頬に触れた。

ぴくりとソリルの頬が動き、そして泣き笑いのような顔になる。

「お前は……優しい。昔からそうだ。周囲から見捨てられた俺に、お前だけが笑いかけてくれ、慕ってくれれ、一緒にいてくれた。あのひとときが、俺にとってはずっと心の支えだった。俺にも、ああいう時間があったのだと思うことが」

ソリルの声が震える。

「……もしや、と思った瞬間もなくはなかったのだ……お前が煎り栗を用意してくれたとき、お前も覚えているのではないか、忘れていたとしても、思い出したのではないか、と」

食事をする時間もなく疲れ切っていたソリルのために用意した煎り栗。

「だが、お前が昔のことを覚えている、または思い出したのだとしたら、俺はなおさら、自分がお前にした仕打ちを許せない。だから、認めたくなかったのだ」

「もう、言わないで」

セルーンは思わず、首を振った。

ソリルはずっと苦しんでいた。

草原の民のことを思って、不本意なかたちでセルーンの国を攻めたことも。

勢いと嫉妬に任せてセルーンを抱いたことも。

ずっと後悔していたのだ。

それは……ソリルの中に、人としての優しさがあるからだ。

「あなたは、優しくすることを知らない、と言ったけれど」

セルーンはソリルの目を真っ直ぐに見つめた。

「そんなことはない、僕にとってあなたは最初から優しかった。狼の群れが近付いていると知らせてくれて……ここに、この場所に置いていってしまった弓をわざわざ取りに来て、修理しておいてくれたでしょう……？」

「あれは」

ソリルの瞳にかすかな動揺が走る。

「お前が弓のことを気にしていたから……」

そんなものは捨てておけ、と言いながらも気に留めてくれていた。

初対面の幼い子どもであるセルーンの言ったことなど、気にする必要はなかったのに。

それはやはり、ソリルの中にもともと存在する優しさだった。

「僕が草原で迷った夜も、あなたは食事とか、身体を拭いたりとか、世話を焼いてくれたでしょう？」

ソリルにそんな義務などなかった。

ソリルは困ったように微笑む。

「あのときは……俺は、お前が逃げたのだと思った。それならそれで構わないと思いつつも、どこかで悲しかったのだろう……お前が戻ってきたとき、本当にほっとして、そして嬉《うれ》しかったのだ」

笑みが苦笑に変わる。

「お前はそうやって、俺が本当は優しいのだとひとつひとつ並べ立てて、俺に言い訳をさせるつもりか」

セルーンも思わず笑った。

だが確かに、自分の優しさを信じないソリルの前で、セルーンが感じたソリルの優しさを全部数え上げたいくらいだ。

今から思えば、セルーンを他の人質と同じ立場に置いてソリルから遠ざけようとしたのも、セルーンの方から側にいたいと訴えたのを聞き入れてくれたのも、すべてはソリルの中にあった優しさの、不器用な表れだったのだとはっきりわかる。

そして今、ソリルはセルーンの前で自然に、困惑したり、苦笑したりと、心のうちをそのまま顔に表して見せてくれている。

それがセルーンにとっては、ただただ嬉しい。

ふと、ソリルが真顔になった。

「俺にも、ひとつ尋きたいことがある」

「……なんでしょう?」

わずかにセルーンが緊張して尋き返すと、ソリルはかすかに躊躇った。

「違うのなら……そう言ってくれ。俺は、うなされた夜に……お前が側にいてくれたような気がした。そして、子守歌を……」

「え」

思わずセルーンが絶句すると、ソリルは慌てて首を振った。

「いや、そんなはずはないな。あれは……俺が具合が悪いときだけは夜も側にいることを許されていた乳母が、歌ってくれたものだ。その同じ歌を、お前が俺に、など」

「歌いました……！」

セルーンの声が震える。

疲れ切って苦しみうなされているソリルに、少しでも安らかな眠りを……と、思わず口ずさんでいた子守歌。

草原の民に伝わる子守歌はいくつかある。

セルーンが口ずさんだ歌はその中でも、ソリルが乳母に歌ってもらった、おそらく本当に数少ない子どもの頃のやわらかな思い出に繋がる同じ歌だったのか。

「セルーン」

ソリルの瞳がかすかに潤んできらめいたように見え、セルーンが思わず見とれたその目が、ゆっくりと細められる。

「お前は俺にとって本当に必要な人間だ。お前がいてくれてこそ、俺は自分という人間を見失わずに済む。俺はお前に、側にいてほしい。お前を手放したくない」

声音に籠もる熱が、セルーンの胸を熱くする。

「じゃあ……手放さないで」
人質は無用だ、置いていく、などと言わないで。
「ああ」
ソリルは強く頷くと、セルーンの身体を引き寄せ、抱き締めた。
セルーンの両腕も、ソリルの背中に回る。
あの夜、こんなふうに抱き合うことはなかった。
今はじめて、ソリルの身体のしなやかな逞《たくま》しさを、自分の腕で感じている。
だが、それだけでは足りない。
もっともっと、ソリルを感じたい。ソリルの身体の熱を、じかに知りたい。
今それがかなわないなら、せめて……唇で。
セルーンがそう考えるのと同時に、ソリルがわずかに身体を離す。
思わずソリルの顔を見上げると——
同じ想いを、同じ熱を秘めた、ソリルの瞳と出会った。
そのまま……ソリルがセルーンの唇に自分の唇を重ねてくる。
草原の風で少しかさついた唇が、強く押し付けられる。
ソリルの熱、ソリルの体温。
あの夜以降、ソリルはセルーンに触れようとしなかった。

だがそうやって抑えに抑えていたものが今解き放たれたのだと、言葉にはしなくても、口付けの激しさで感じ取れる。

忍び入る舌がセルーンの舌を探り、からめ捕り、吸う。

つきんと耳の下が痛むほどに。

だがその激しさの中に、確かに、ソリルが不器用にしか表せない優しさを感じ取れる。

無我夢中でセルーンもソリルに応《こた》え、ソリルを貪《むさぼ》る。

「……っ、ふ……っ」

鼻から甘い声が抜け、腰の奥に確かな欲望の熱が籠もったとき。

ソリルがぴくりと何かに気付いたように唇を離した。

宿営地の方向に顔を向ける。

セルーンも同じ方向に視線を向けると、ゆっくりと、数頭の馬がこちらに近付いてきた。

先頭の馬に乗っているのはザーダルだ。

そして、セルーンを可愛がってくれた叔父と、ソリルの兵が数人。

ソリルはセルーンの身体を離さず、しっかりとセルーンの腰に腕を回したまま、近付いてきたザーダルたちを迎えた。

「……王」

ザーダルが静かに言葉を発した。

「都へお供する兵は選び出しましたが、出発は？」

ソリルと身体をぴったりと密着させているセルーンが目に入らないかのように……いや、もしくは、当然のものが見えているから反応もしない、とでもいうかのように。

「いや、供はいい、一刻も早く帰りたいから俺は馬を飛ばす。兵たちは疲れぬよう無理のない行程で帰せ」

ソリルはきっぱりとそう言ってから、セルーンの叔父を見た。

「申し訳ないが、セルーンを返すことはできなくなった。一緒に、都に連れ戻る」

叔父は無言で瞬きし、セルーンの腰に回ったソリルの腕と、そのソリルにしがみつくようにしているセルーンを見て、口を開く。

「それがセルーンの望みならば……ただ、これきりということではないのだろう？」

その問いはセルーンに向けたものだったが、ソリルが頷く。

「もちろんだ。もう人質ではない、質を取ったり取られたりする関係ではなくなったのだから、ただ俺に、セルーンが必要なのだ」

「わかりました」

叔父は頭を下げる。

「では、俺はこのまま戻る」

ソリルは自分の馬に飛び乗った。

「セルーン」

「はい」

セルーンも、ケレルに跨《また》がる。

視線を合わせ……同時に、馬の腹を蹴り、そのまま二人は、都を目指して走り出した。

人質として最初に都に向かったときは、疲れた馬やわずかな負傷兵に合わせた旅程で三日かかった。

セルーンにとっては、ソリルに抱かれたあとで、身体にも心にも辛い旅だった。

だが今二人だけでひたすら馬を走らせていると、馬に翼が生えたようで、手綱を握る身も心も軽々としている。

都に着いて、そしてソリルがセルーンに何を望むのか、実のところセルーンにはよくわかっていない。

互いに、昔のことを覚えていたのだとわかった。

互いを求め合っていることを、口付けで確かに伝え合った。

そして……？

あの夜を、ソリルはもう一度やり直そうとしているのだろうか？

それとも、身体を重ねることにはまだ時間が必要で、ソリルはただ、都に戻ってもう一度、二人の関係を見直し、立て直そうとしているのだろうか？

どちらでもいい、とセルーンは思った。

今確かに、セルーンは、ソリルと「馬を並べて」走っている。

それぞれに乗る馬の癖や歩幅が違う。操る二人の技量にも体格にも差がある。

ソリルの方がやはりはるかに上手《うま》いし体力もあるが、身体が軽いぶん、セルーンのほうが馬への負担が少ない。

そういう差がある二人が、互いの呼吸を、互いの鼓動を、そして互いの心を感じ合いながら走ることで、ぴったりと息を合わせ、疲れを知らず、どこまでもどこまでも駆けていくことができるように思う。

本当の意味での、馬を並べて走るとはこういうことだったのだ。

今、ソリルと本当にそういう関係になれたのだと、セルーンはそれが嬉しい。

馬たちにもそれが伝わっているかのようで、足並みに疲れを見せることもなく、夜が更けるころには都の灯りが見えるところまで帰ってきた。

もともと国境を接した国同士だったのだから、実際の距離はそう遠いものではなかったのだとセルーンは改めて思う。

戦の片がついた時点で先触れが子細を伝えに都に戻っていたので、さほどの驚きもなく都の守備に残っていた兵や大臣たちが王を迎える。

「王よ、ご報告申し上げねばならぬことがいろいろ」

セルーンを連れて王宮天幕の奥に向かおうとしたソリルに、大臣たちが追いすがって口々に何か述べ立てようとし、セルーンも、ソリルはまずは、彼らと合議に入るのだろうと思ったのだが。

「あとだ」

ソリルはきっぱりと言った。

「まずは休む、よほどのことがなければ邪魔はするな。湯浴《ゆあ》みの用意を」

セルーンの肩を抱き、足早に私室へと向かう。

「それはごもっとも」

「湯を、急げ」

「王はお疲れだ」

「人払いを、邪魔をするな」

側近たちが口々に言って、引き下がっていく。

扉が開け放たれていた私室に入り、そして後ろ手に扉を閉めると――

ソリルはセルーンと向かい合った。

その瞳に宿る熱が、セルーンをなんとなく落ち着かない気持ちにさせる。

「ソリル……あの」

休まなくていいのだろうか、とセルーンが戸惑いながら言おうとすると、ソリルはセルーンの唇の前にそっと自分の指を当てた。

「たった今、ここで、お前が欲しい……だがお前は疲れているか？」

セルーンの身体の芯がかっと熱くなる。

疲れなどみじんも感じていない。

だが……

「汚れ、が」

何しろ一日馬で駆け通したのだ。ソリルに身体を預ける前に、せめて汚れを落としたい。

ソリルが苦笑した。

「それはそうだ……俺も相当なはずだ」

そのとき、部屋の外から声がした。

「湯をお持ちしました」

「入れ」

召使いが二人、湯の入った大きなかめを部屋の中に置き、もう一人が茶や軽い食事の載った盆を置いて、去る。

ソリルはかめの中の湯を、部屋の中にあった別なかめに半量移した。

「ゆっくり汚れを落とせ。俺はあちらで」

一度言葉を切ってから、唇の端を軽く上げる。

「あちらで、お前を待つ」

湯の入った片方のかめを持ってソリルは寝室に通じる垂れ布を上げて入っていき、セルーンは居間に残された。

静かだ。

王の休息を邪魔せぬよう、王宮天幕からは人払いがされているのだろう。

埃《ほこり》にまみれた衣服を脱ぎ、湯に浸した布で身体を洗いながら、草原で迷って夜遅く帰り着いたとき、ソリルが布を絞ってくれたことを思い返す。

ソリルの優しさ。

ソリルはただ、優しくすることに慣れなくて、ぎこちないだけなのだ。

これからは、それも変わっていくのだろうか。

セルーンは、額の輪を外し、残った湯で髪も洗い、梳《す》いた。

風と埃でごわついていたセルーンの髪は、やわらかなうねりと艶《つや》を取り戻す。

そして……洗い終わったら、どうすればいいのだろう。

服はもう一度着るべきなのか?

汚れた服ではない、もちろん。新しいものを着るとして、どこまで?

上着を着て帯まできちんと締めてしまったとしても……どうせ……どうせ……このあと、

脱ぐか脱がされるかすることになるのではないだろうか？

こういう場合にどうすればいいのかなど、知らない。

セルーンはあれこれ思い悩んでいることじたいが恥ずかしく、いっそあのまま、身体など洗わずに勢いで抱かれてしまえばよかった、とさえ思う。

しかし、いつまでもソリルを待たせるわけにはいかない。

そしてセルーンも……早く、ソリルのもとに行きたい。

セルーンは決心すると、裸のまま立ち上がり、ソリルの寝室の前に立った。

思い切って垂れ布を捲り、セルーンははっとした。

ソリルが寝台の上に半身を起こし、片膝を立てていた。

セルーンと同じように全裸で、やはり額の輪を取り、真っ直ぐな、艶やかな黒髪が肩から背中に流れている。

その……彫像のような美しさ。

「……待ちかねた、来い」

ソリルが片腕を差し出し……セルーンはその胸に飛び込んだ。

ソリルの両腕が、セルーンをしっかりと抱き締める。

その力強さと温《ぬく》もりが、セルーンに不思議な安心感と喜びと、そして胸がざわめくような落ち着かない何かを同時に感じさせる。

「セルーン」

そっと、ソリルがセルーンを呼んだ。

ソリルの手がセルーンの頬を包み、仰向《あおむ》かせる。

わずかな灯りの点《とも》された薄暗い部屋の中、ソリルの瞳が星のようにきらめいている。

そうだ、この……灰色がかった黒い瞳、吸い込まれそうなこの瞳の美しさに、出会った瞬間自分は惹かれたのだ、とセルーンは思った。

その目が、切なげに細められる。

「お前の、この、目……出会ったときに、驚いたように俺を見つめていた……敵意も憐れみも、企みも蔑《さげす》みもなく……あんなふうに真っ直ぐに他意なく俺を見てくれる瞳を、俺はそれまで知らなかった。俺にとっての長く昏《くら》い日々、俺をあんなふうに見てくれ、俺に笑いかけ、慕ってくれた存在があったという記憶が、どれだけ俺の救いになっていたことか」

それは、ただ自分が子どもだったからだ。

そして……流星を意味する「ソリル」という名の通りにさえざえと美しい瞳の中に、哀しさや寂しさが仄見《ほのみ》えていたことが、セルーンの胸に迫ったのだ。

それでも、そんな自分がソリルを慕ったことが、ソリルの救いになっていたというのは本当に嬉しい。

しかし今、そのソリルの目には、かすかな不安のようなものが浮かんでいる。

「セルーン……お前は、俺がずっと想像していたとおりに、真っ直ぐで、純粋で、ひたむきで、それでいて誇り高い美しい大人になった。だが、俺は……俺は、お前が思っているような、お前に想われる資格のある男だろうか……？」

ソリルの真剣な言葉に、どうしてかセルーンは笑い出したくなった。

ソリルは今さら、そんな不安を口にするのか。

草原の王として、自信満々にすべてを征服していくように見える王であり、その実、繊細な優しさを持ったソリルが、何を不安に思うことがあるのだろうか。

「あなたは……僕が待ち続けていた、ソリルです」

「お前に」

ソリルは躊躇いながら、セルーンの唇にそっと人差し指で触れる。

「あんな……あんなことをさせる、男でも……？」

一瞬セルーンはなんのことだかわからず、しかしすぐに、あの夜のことを思い出した。

草原で迷った夜、なぜ逃げなかったのかと尋き、セルーンが「自分の義務だから」と答えたら、奉仕を要求したのだ。

今ならわかる。

ソリルが望んでいたのはあんなことではなかった。

別な言葉で、別な行動で、本心からソリルの側にいたいのだと示すべきだった。

それなのに自分は、ソリルの望みは身体の奉仕だと思って。

自分の唇でソリルを愛撫《あいぶ》したことを思い出し、じわりと頬が熱くなる。

「あれは……あれは……僕が……でも、僕も、したくて」

ソリルに触れたいという確かな欲望が、自分の中にあった。

「そういうことを言って、お前はまた俺を甘やかす」

ソリルは指の腹でセルーンの唇を押さえる。

「俺はあのとき、どれだけ自分に腹が立ったか。お前の立場を思えば、お前にはああする以外なかったのに、お前が俺に力で屈してあんな屈辱的な行動に出たことで……俺がお前をそうさせたのだと……そしてそれなのに、あんな状況で自分が興奮したことが腹立たしくて、それでお前に辛く当たった」

そう、今ならセルーンにもそれがわかる。

それにあのときセルーンが感じていたのは、屈辱などではなかった。

何がソリルを怒らせたのかわからないままに、「怒り」という素の感情を露わにしてくれたソリルを美しいと感じたのだ。

確かにあれは、間違った方法ではあったが、ソリルの心をむき出しにできた瞬間だったのだ。

そしてソリルが何より腹を立てたのは、そんなセルーンの奉仕で興奮したことだったのかと思うと、自分の口の中で確かに芯を持っていった、ソリルのものの感触を思い出して頬が赤らむ。

ソリルに伝えたい。

ソリルが後悔しているすべてのことが、今はもう辛い思い出などではないのだと。

そして、セルーンが今望んでいることはひとつだ。

「じゃあ、あとで悔やまなくていい時間を、これから僕にたくさんください」

その言葉にすべてを籠めて、セルーンは微笑んだ。

過去のソリルも、今のソリルも、これからのソリルもすべてを受け入れて、そのソリルとともにいたいのだと。

その笑みが、まるでソリルの顔に写し取られたかのように、ゆっくりとソリルが笑顔になる。

本物の、笑み。セルーンが見たいと願っていた笑みだ。

「ではこれから俺は、俺の全ては、お前のものだ」

そう言って、ソリルはゆっくりとセルーンに口付けた。

優しい。

唇を押し付け、やわやわとセルーンの唇を食《は》む。舌先で合わせ目をくすぐり、薄く開いた唇から、そっと舌を忍び込ませる。

奪うような口付けではなく……一からセルーンを知りたい、というような。

セルーンも、ソリルを知りたい。

ただただ一方的に屈服させられるのでも、自分を捧げるのでもない、互いを、心も身体も、深いところまで知りたい。

舌を絡め合い、混ざり合う唾液《だえき》が唇の端から零れ出す生々しさすら、今のセルーンには嬉しい。

ソリルがセルーンの身体をゆっくりと寝台に押し倒した。

「セルーン……きれいだ」

そう囁き、ソリルが肌をまさぐる。

滑らかな肌の感触を楽しむように、肩を、腕を、脇腹を撫でる。

セルーンの腕も自然とソリルの肩に回り、皮膚の下の流れるような筋肉を掌《てのひら》で確かめる。

「んっ……っ」

ソリルの指が乳首の先をかすめ、全身に甘い痺《しび》れが走った。

覚えている。乱暴にされてさえ、そこが感じたことを。

今ソリルの指は、その乳首を二本の指で摘《つ》まみ、くりくりと弄《いじ》り回す。痛くはない……しかしだからこそ、どこか焦《じ》れったい微妙な力で。

もう片方を唇で吸い、舌先で転がす、それも焦れるほどの優しさだ。

「あっ……っ、くっ」

じわじわとぬるい快感に全身が浸されていくようで、セルーンは思わず身を捩《よじ》り、両脚を擦《こす》り合わせた。

ソリルは唇を両方の乳首に交互につけながら、セルーンの腹を撫で下ろしていく。

「あっ……っ」

ソリルの手が、セルーンの性器をやわりと握り、セルーンは、自分のものが勃ち上がりかけていることに気付いた。

ゆるゆると優しく上下に扱かれただけで、芯を持っていく。

ソリルの唇が乳首から離れ、胸から腹にかけて口付けを落としていく。

セルーンは思わず自分の胸元に視線をやり、乳首がソリルの唾液に濡《ぬ》れ、赤味を帯びてぷっくりと膨らんでいるのを見て、かっと全身が火照るのを感じた。

こんな……こんなふうに、自分の身体が、変化していく。

そして次の瞬間、セルーンは性器が生温かい肉の感触に包まれた刺激に、思わず声を上げた。

「あ――っ、あ、だ、だめっ」

ソリルがセルーンのものを唇で包み、根元までゆっくりと包み込んでいく。

浮きそうになる腰を、ソリルの手が押さえる。

舌が先端を舐め、くびれをなぞり、幹を這《は》う。

たちまちセルーンのものは固く張り詰め、腰の奥に熱が渦巻く。

息が上がり、全身が熱く湿っていくのがわかる。

このままでは……

「おねがっ……だ、だめっ、はなしっ……っ」

いってしまう……！

ソリルがひときわ強く唇でセルーンのものを扱いた。

「あ……っ……っ……あっ、あっ」

堪えようもなく、セルーンはソリルの口の中に放っていた。

最後の一滴まで絞り出すように、さらに手で擦られ、先端を吸われ、セルーンはびくびくと全身をひくつかせる。

セルーンが顔を上げ、にっと艶っぽい笑みを浮かべてセルーンを見た。

「いったな。想像よりずっとかわいい」

その唇の端からとろりと白いものが零れそうになるのを、手の甲で軽く拭《ぬぐ》う。

そんな仕草がおそろしく卑猥《ひわい》に見え、しかもそれが自分の放ったものだと思うと、恥ずかしさに消え入りたくなる。

「だめ、って……どうして……っ」

あの最初の夜、セルーンも口での愛撫を強いられたが、ソリルが口の中に放つことはなかったのだ。それは、セルーンが拙《つたな》かったからかもしれないが……

「ぼ、僕、もっ」

同じようにする、と起こそうとしてもがいた身体の上に、ソリルがのしかかってきた。

「いい、今は、俺がお前を愛し、感じさせる。そうしたい……そうさせてくれ」

セルーンを見つめ、ソリルは懇願するように言った。

あの夜をやり直したいのだと、セルーンが思う以上に、あの夜のこと、そしてセルーンにした仕打ちのことがソリルの中で負い目になっているのだと、セルーンは気付いた。

そんな必要はない、でも、セルーンがただただソリルに愛されることで、ソリルの心が楽になるのなら、セルーンに拒む理由など何もない。

「じゃあ……愛して……ください」

ソリルに両腕を伸ばしてそう言うと、ソリルは目を細め、セルーンに口付けた。

自分が放ったものの苦みを一瞬感じたような気がしたが、すぐに溢《あふ》れる唾液の甘さが消し去る。

ゆっくりと口の中を舌で愛撫されると、頭の中がぼうっとしてくる。

「……ふっ……あっ……っ」

やがて唇が解放され、ソリルはまた、セルーンの全身に口付けていく。

強く吸われた場所には、かすかな痛みとともに、点々と赤いしるしが点っていく。

ソリルはセルーンの身体を俯《うつぶ》せに返した。

背中にもくまなく唇をつけ、そして双丘《そうきゅう》を両手で包むように撫でながらそこにも唇を這わせる。

口付けられた場所全てが熱を持ったようで、全身の皮膚が熱くなっていく。

「んっ……っ……んっ」

唇から洩れる甘い声が止まらない。

「あっ……っ」

両手がセルーンの臀《しり》を割り裂くように広げ、そこに熱い舌を感じ、セルーンは思わず声をあげた。

しかしすぐに、そこを舐め蕩《とろ》かされる感触に溺《おぼ》れていく。

舌に沿うようにして指が入ってきたときにも、痛みなど感じなかった。

焦れったいほどにゆっくりと優しく、ソリルはそこをほぐしていく。

内壁を指の腹で撫で、押し広げ、浅いところまで抜き出しては唾液をさらに纏わせて奥へと押し込む。

「っ……あ、あ……っ」

指の腹が内側のどこかを撫でた瞬間、セルーンの背筋を鋭い快感が駆け上がった。

「だ、っ……や、そ、こっ」

「……だめか？　本当に？」

探り当てたそこをソリルの指が丹念に撫で、セルーンの腿《もも》はぶるぶると震えた。

そんな場所に快感の源があるなどと、この間は気付かなかった。

「あ、あ、あ」

小刻みに擦られて、また前が張り詰め、出口を求めるのがわかる。

その快感に呑《の》まれそうになりながらも、セルーンは頭の片隅で、そうじゃない、と思った。

「やっ、やっ……、ソリル、も、おねが……っ」

自分ばかりが立て続けにいかされるのではなく……ソリルも一緒に。

それが伝わったのか、ソリルがくっと息を呑む気配とともに、指がじゅぷりと引き抜かれた。

セルーンの身体を再び仰向かせる。

自分の足の間に膝立ちになったソリルを見て、セルーンは思わず息を呑んだ。

セルーンが触れてもいないソリルのものが、黒々とした叢から完全に頭を擡《もた》げている。

あれが自分の中に入るのだと、そう意識した瞬間、紛れもない欲望がセルーンの中から込み上げ、思わずごくりと唾《つば》を呑んだ。

片頬に余裕のない笑みをちらりと浮かべて、ソリルがセルーンの膝を摑んで曲げさせ、開き、そして自分の先端をぴたりとそこにあてがう。

ぐ、と腰を進めた。

つい全身に力が入りそうになるのを、堪える。

広げられ、踏み込まれる。

だがセルーンは、セルーンの身体は覚えていた。自分がソリルを受け入れられると。

息を吸い、そして吐く。

それに合わせるように、ソリルがぐぐっと奥まで入ってきた。

「——くっ……っ」

それでも記憶していた以上の圧迫感だ。

するとソリルがセルーンの上に身体をゆっくりと倒し、セルーンの腕を、自分の肩に回させた。

「あ……」

思わずセルーンは大きくため息をついた。

ぴったりと重なる胸と胸。

ソリルの体温に包まれて、全身に広がる安堵感と幸福感。

この前はこうではなかった、背後からソリルに貫かれて、確かに快感はあったけれど、これほどまでの幸福感はなかった。

無意識にきつく閉じていた目を開けると、視界が曇っていて、瞬きをすると涙が目尻から零れる。

「セルーン、大丈夫か、痛むのか？」

ソリルが驚いたように尋ねたので、セルーンは慌てて首を振った。

「ちが……幸せ、で」

虚を突かれたようにソリルが目を見開き、それからくっと堪えるように唇を噛む。

そしてセルーンの中のソリルも、ぐっと嵩《かさ》を増した。

「……お前、はっ」

ソリルが頰を歪める。

「大丈夫だな？　辛かったら、言え」

そう言って、セルーンの表情を見ながら、ゆっくりとソリルは腰を引いた。

「んっ……っ」

ぞくりとセルーンの腰の奥が疼く。

もう一度、ソリルが奥まで入ってくると、ぞくぞくと背筋が震える。

「あ……あっ、あっ」

大丈夫そうと見て取って、ソリルは力強く腰を動かしはじめた。

「ああ、あっ……ん、くっ……っう、んっんっんっ」

楽器を奏でるように、ソリルに鳴らされている、とセルーンは思った。

そんな思考は、しかしすぐ熱の中に溶けていく。

「ソリル……あ、っ、ソ、リルっ」

溺れる者のようにセルーンがソリルの肩にしがみつくと、ソリルの腕が、セルーンの足を自分の腰に絡めさせた。

密着度が深まり、ソリルをさらに奥に感じる。

こんなにも、ソリルが近い。

それがおそろしいほどの快感に繋がる。

自分の中にソリルを感じ、ぐずぐずに溶けてひとつになっていくようだ。

上がる息。

掌の下でうねるソリルの筋肉。

しっとりと汗ばんでいた肌が、やがて辷《すべ》るほどになっていく。

そして腿に伝わるソリルの腰の律動に合わせるように、いつしかセルーンの腰も揺れ出していく。

「セルーン……セルーン、愛している……っ」

耳の中にソリルの、苦しげで甘い声が注ぎ込まれ、セルーンの奥深くから、渦巻くように大きな熱の塊が湧きだしてきた。

「ソリル……っ、あ、あ……っ……も、ああああ――っ」

ぐ、とのけぞった身体を、ソリルの腕がしっかりと抱える。

はるか高みまで登り、そして墜落する。

薄れかけた意識の中で、ソリルが自分の中に熱いものを注ぐのを、セルーンは確かに感じていた。

額に優しい感触。

指が、汗で張り付いた髪をそっとかきあげ、撫でつけてくれているのだとわかる。

それが心地よくて、とろとろと眠りに入ってきそうになる。

だがふと、その優しい指の主が見たいと思い、ゆっくりとセルーンは目を開けた。

ソリルが、片肘《かたひじ》で身体を支える姿勢でセルーンを見つめながら、セルーンの髪を指に絡ませている。

目を細めて、甘やかな視線でセルーンを見つめている。

セルーンは微笑んだ。

ソリルも微笑み返し、セルーンの額に軽く唇をつける。

「どこも、痛まないか?」

低く甘い声でソリルが尋ね、セルーンはわずかに身じろぎした。

ソリルを受け入れた場所はまだじくじくと熱を持って腫《は》れているように感じるが、痛みはない。

そして全身を包むけだるさは、辛いというよりは幸福感に繋がっている。

「だい、じょうぶ……」

言いかけて、自分の声が掠れていることに気付く。

どれだけ、どんな声をあげてしまったのだろう。

そう思うと、急に恥ずかしくなって、セルーンは思わずソリルの裸の胸に額を押し付けた。

ソリルの片腕が優しく、しかし確かな力を込めて、セルーンを抱き寄せる。

汗が引きかけた素肌と素肌が触れ合うことが、こんなに心地がいいとは思わなかった。

「やっと……お前をちゃんと愛せた」

ソリルが言った。

一方的な征服ではなく、セルーンも望み、互いに快感を与え合い分かち合ったのだと、ソリルにはその実感が必要だったのだ、とセルーンは思った。

「……ええ、僕も」

言葉にするのは気恥ずかしい。

だがソリルはそれを必要としている。

これからはいくらでも、ソリルがこれまで知らなかった幸福感を知ってほしい、と思う。

夜のとばりは都を、王宮幕屋を、王の私室をすっぽりと静けさで包み、二人こうして寄り添っていると、今世界には二人だけしかいないように感じる。

いつまでもこうしていたい。

だがふいに、ソリルの腹の辺りでくぐもった「ぐ」という音がした。

同時にセルーンの腹でも「きゅ」と小さく何かが鳴いて、二人は同時に吹き出した。

「腹が減った。それはそうだ」

戦に出かけ、そのまま何も食べずに駆け戻ってきて愛し合ったのだ。

腹の虫は相当不満だろう。

「居間に何か用意してあったな」

ソリルが寝台から立ち上がったので、セルーンも慌てて身を起こした。

「僕が」

言いかけて、身体の中からソリルの放ったものがとろりと出てくるのを感じ、思わず唇を嚙む。

「ここにいろ」

ソリルが笑ってそう言い、素裸のまま軽やかに居間に出ていった。

その、滑らかな筋肉に覆われた男らしいしなやかで美しい身体を、思わず感嘆して見送る。

すぐにソリルは盆を持って戻ってきた。

「茶と、パンと、肉と、果物が少しある」

夜食として急遽《きゅうきょ》用意されたものとしては上等だ。

もぞもぞとセルーンは寝台の上に身体を起こし、隣にソリルが腰を下ろす。

「煎り栗はないが」

ソリルが軽く肩をすくめる。

「……ザーダルさんが……あなたは煎り栗が嫌いなはずだと」

どうしてか王宮の人間はそう思っているようだ、とセルーンが言うと、ソリルはセルーンを見つめ、そして盆に視線を落とした。

「俺が、煎り栗は見たくないと、一度言った。あれは……昔を思い出させる。お前との時間を。二度と戻らない、二度と得られない無邪気な幸福を、思い出すのが辛かった」

こんなところにもソリルの傷はあったのだと、セルーンは切なくなった。

二度と得られない幸福を思い出させるものは見たくない。

それほどまでにソリルは、個人的な幸福など自分には無縁だという覚悟で生きてきたのだろう。

「ソリル」

セルーンはソリルの手に、自分の手を重ねた。

「もう、あなたが欲して得られないものなど何もない」

ソリルがもう片方の手をセルーンの手のさらに上に重ねる。

「ああ、そうだな。お前が側にいてくれれば、それが俺の欲しいもののすべてだ」

微笑み、セルーンの頬に口付ける。

こうやって……ソリルがひとつずつ、自分の幸福を確かめていくのを見ていたい。

甘やかしたい。

ソリルを、可能な限り甘やかし尽くしたい。

セルーンの胸に、そんな想いが溢れる。

しかし実際には、ソリルがセルーンを甘やかしたいと思っているようで、パンをちぎるとそれをセルーンの口元に運んだ。

「え……」

戸惑いながら開いた口に、優しくパンが押し込まれる。

そしてソリルも、パンを食べる。

ひとつしかない茶の椀も、ソリルはまず自分の手でセルーンに飲ませ、そして自分も飲む。

「次は？　棗《なつめ》でいいか？」

ソリルが子どものような笑みを浮かべながら、果物をつまんでセルーンの口に運ぶ。

それは次第に、空腹を満たすというよりは、戯《たわむ》れのようになっていった。

肉も指でつまんでセルーンの口に押し込む。

その指が肉汁をまとっているのに気付いて、セルーンは、離れていこうとする指をちゅっと吸い、そして舌で舐めた。

「……っ」

ソリルが一瞬息を呑んだ気配に、指を咥《くわ》えたまま思わずソリルを見上げると……

リルの目元がじわりと上気した。

セルーンも、自分の口の中にあるソリルの指を、食べ物を入れてくれる道具ではなく、ソリルの身体の一部なのだということをふいに意識する。

「お前はそうやって……俺を煽《あお》るのだな」

忌々しげに、といってももちろん本物の苛立ちではなく笑いを含んでそう言うと、ソリルは盆を傍らに押しやった。

セルーンの口の中に指を差し込んだまま、唇を重ねてくる。

「んっ……っ」

ソリルの舌と、指の両方に刺激されて、唾液が溢れる。

またゆっくりと、セルーンの身体は寝台の上に押し倒された。

指だけが出ていき、唇を重ねたまま、ソリルの手がセルーンの身体をまさぐる。

掌が腰骨を撫で、背後に回り、臀の間に忍び入る。

指が窄《すぼ》まりに触れた。

「んっ……っ」

さきほど零れ出たソリルのものは、セルーンの腿で半ば乾きかけている。

しかし指がするりと入るほどにはぬめりが残っていた。

「んっ……ん、あっ……っ」

唇が離れると、洩れた声はすでに甘く湿っている。

「まだ、中が熱い」

そう言うソリルの声音もまた、熱を帯びている。

欲しい。

もう一度、今すぐ、ソリルが欲しい。

「ソリル、あ、やっ、んっ」

ぬくぬくと抜き差しされる指では足りない。

「どうしてほしい……？」

ソリルが耳の中に囁きを注ぎ込む。

「あ、入れ、て……ソリル、のっ」

「自分で入れてみるか？」

自分で……？

「そう、自分で」

唆《そそのか》すように言って、ソリルは仰向けに横たわると、セルーンに自分の腰を跨がせた。

求められていることがわかり、セルーンの体温がかっと上がった。

恥ずかしい。

だが……だが、ソリルが望むのなら。

そしてセルーン自身も、うずうずと自分からソリルを求める欲望に突き動かされる。

窄まりに、あっという間に固く勃ち上がっているソリルのものをあてがうが、先端から滲み出るものでぬるりと辷ってうまくいかない。

「や、どっ……や、って」

ソリルの腕が伸びてきて、両手でセルーンの臀を左右に割り裂いた。

セルーンはソリルの熱いものを片手で探り、ぴたりと目的の位置に押し付ける。

「そのまま……腰を、落としてみろ」

抑えた声でソリルが言い、セルーンは思い切って、ぐっと腰を落とした。

「あ……あ、ああっ」

じりじりとソリルが中に入ってくる。が、腿が震えて奥まで迎えられない。

するとソリルの手が、セルーンの腰を摑んでぐっと押し下げた。

「あ――――!」

いきなりソリルのものが最奥《さいおう》を突き、衝撃にセルーンはのけぞった。

串刺しにされた身体が、覚えたての快感に震え、息が詰まる。

自分の内壁が脈打ち、ソリルの脈動と溶け合っていくのがわかる。

ソリルの腕が、セルーンの腰をわずかに上げ、そして下ろした。

何を求められているのかを、セルーンの頭よりも先に身体が理解する。

自然と腰が動き始めるが、どうしてもぎこちなく、届いて欲しいところまで飲み込むことも、擦って欲しい場所に当てることも、難しい。

「やっ……ソリル、ソリル……っ」

息を切らせながらねだるような声でそう言うと、ソリルが腹にぐっと力を入れ、上体を起こした。

「うっ……っく、っ……っ」

向かい合ってソリルの上に座るような格好になって、当たる場所が変わった。

「セルーン、俺の可愛いアリマ」

ソリルがそう囁いて、セルーンの背中に腕を回して抱き締め、口付ける。

「そうやって……可愛く、俺を求めてくれ」

唇をつけたままそう言って、繋がったまま、セルーンの身体を押し倒した。

「んっ、あ、あっ……っ」

ソリルの体重を受け止め、セルーンは腕を伸ばしてソリルを抱き締め返した。

体勢が変わるごとに繋がり方も変わって、次々に襲ってくる快感にどうにかなりそうだ。

ソリルが力強く抽送をはじめた。

俺に委ねろ、お前はただ感じていろ……と、ソリルの全身がそう言っているのがわかる。

「あ……っ、あんっ……っ、あっ」

ソリルとひとつになっている。

身体も心も。

自分が感じているこの快感と幸福感を、ソリルも共有していることが、ちゃんとわかる。

これから……こんな夜がどれだけあるのだろう、と思いながら……セルーンはソリルの律動に揺られ、快感の波に身を委ねていった。


「王よ、準備が整いました」

ザーダルが垂れ幕を上げて王を呼んだ。

「わかった。では」

ソリルは、側に控えていたセルーンを振り返った。

「では、行く」

「はい」

セルーンは頭を下げ、垂れ布の外に出て行くソリルを見送る。

黒の絹に銀糸の刺繍《ししゅう》をした、決して派手ではないが品格と威厳を感じさせる上着に、銀糸の帯を締めたソリルの姿は、気高く美しい。

その額に、いつもの銀の輪はない。

これから、ソリルは「王の冠」をその額に戴《いただ》くのだ。

戴冠式。

それは、王の師父の発案だ。

民にわかりやすい「かたち」が必要だ、と。

そして近隣の「他国」に「新しく強大な王国」が生まれたことを示すためにも。

セルーンの国に攻め入った敵をソリルが撃退したあと、草原の国々がひとつにまとまるのは、驚くほど早かった。

それほどに、草原の外の国からの攻撃は衝撃的だったということだし、草原の国々をセルーンの父が説得して回った効果も大きかった。

草原の三十余の国の族長が集まって会議が行われ、そこでソリルは、満場一致で王に選ばれたのだ。

ソリルとしては、草原の国々がひとつにまとまり、他にふさわしい人間がいるのなら、自分は一歩退いて補佐に徹してもいいと思っていたようだが、周囲の人間は、ソリル以外の人間は考えられないと最初から思っていた、その通りになったのだ。

そして今、ソリルは、草原のかつて国々から選ばれた重臣たちの前で戴冠する。

華美ではないが美しい、銀の冠を王の頭に載せるのは、王の師父だ。

セルーンはその場には出ずに、こうして垂れ布の陰からその様子を見守っている。

「セルーン」

小声で背後から呼ばれ、セルーンは振り返った。

ダンザンだ。

かつてセルーンの国で、セルーンと「馬を並べたい」と言い寄っていた屈強な若者は、このたび王の重臣の一人になったセルーンの叔父に従って、王都駐留の兵となっている。

「これは、大変なことなんだな。俺たちが今立ち会っているのは」

ダンザンも、垂れ布の向こうに目をこらしながら、感嘆したように呟く。

すでに都で幾度か顔を合わせているダンザンに、セルーンは頷いた。

「変化はまだまだあると思う。ソリルは……王は、都を石造りの恒久的なものにすると言っているから」

「動かない都、か……移動する宿営地ではなく。想像もできない」

ダンザンはため息をついた。

草原の外の他国とやりとりするためには、「今どこにいるかわからない王」相手では侮られる。だから動かない都を作り、そこが常に国の中心地であると定める。

そういうこともすべて、ソリルは雌伏《しふく》の間に、師父と考え抜いていたのだ。

ソリルとセルーンが出会ったあの草原の石積みも、遥かな昔に築かれた、そういう都の跡であったらしい。

もちろん草原の民の暮らしは変わらない。

家畜を追って移動し、馬で駆け巡る、そういう生活は草原の民の力の源だ。

だがその草原の民はこれから「動かない都」という一点を、共通の心の中心として持つことになるのだ。

そうやって周辺から侮られない国になることで、攻め入る隙を与えない国になる。

草原の民は、互いに争うことも、他国から攻められる心配もなくなる。

ソリルが抱いている理想の国の姿。

「お前が、俺などに目もくれなかったのは、当然のことだったんだな」

ダンザンは呟き、セルーンがはっとダンザンを見ると、照れくさそうに笑った。

「いや、わかるよ、本当に……お前はあの王にこそふさわしい。俺なんぞに下手に情をかけずにいてくれてよかった」

そういうダンザンも、すでに妻帯して間もなく父になるし、同性の「馬を並べる」相手など欲している暇もなくなるだろう。

垂れ布の向こうで、ソリルはゆっくりと、今日のために特別にしつらえられた壇《だん》の上を歩み、中央に置かれた玉座に進んでいる。

師父が、銀細工師が作った特別な冠を捧げ持って待っている。

ソリルはその前に膝をつき、師父が厳かに、ソリルに冠を載せる。

銅鑼《どら》と鉦《かね》が大きく打ち鳴らされた。

これでソリルは、正式に「王」となったのだ。

草原の初代王、ソリルに。

ソリルが孤独の中で追い求めた理想は、今、ひとつの到達点に達したのだ。

セルーンの胸が感動に震える。

そのとき、

「セルーンさま」

再び誰かが背後から声をかけ、セルーンははっと振り向いた。

頭を蚕《かいこ》の繭《まゆ》のように布で包んだ慎ましやかな女性……ナランだ。

今日は太陽を意味する名にふさわしい、明るい微笑みをその顔に浮かべている。

その手に捧げ持っているのは、銀糸で縫い取りのされた白い絹の布だ。

「そろそろご準備なされませんと」

「はい」

そうだった、とセルーンは慌ててナランのほうに向き直り、少し膝をかがめると、ナランがセルーンの頭から、その白い絹を被《かぶ》せた。

ナランの白い手が布を左右から引っ張り、整える。

一歩下がり、セルーンの全身を見て、ナランは頷いた。

「よろしいでしょう。とても凛々《りり》しく、お美しい」

「ありがとうございます」

セルーンはちょっと頬を染めて頭を下げた。

ソリルの「側室」として人質になっていたナランは、この戴冠式が終わったら自分の国──今は草原の「国」の一部になったわけだが──に、故郷に帰ることになっている。

もともとナランには夫があったが、族長の一人娘として、人質に差し出されていた。

その夫のもとに帰ることになったのだ。

ソリルがナランに触れてもいなかったことにその夫も感激し、ソリルに心からの忠誠を誓った。

ナランが示してくれた温かい心遣いをセルーンは決して忘れないだろう。

ソリルにもそれは伝えてあり、ソリルも感謝している。

ソリルは、草原の民が慣習に固執しているのでやむなく形ばかりの人質を取ってはいたが、いずれは故郷に戻すと、最初から考えていたのだ。

他の「側室」たちも、それぞれに故郷に戻るなり、都で縁談相手を見つけるなり、身の振り方は自由に選べることになっている。

そして今日という日、セルーンの身支度を調えてくれる女性を、セルーンはナランに頼むことにした。

何しろセルーンはこれから、「王と馬を並べる者」という正式な称号を授けられ、儀式の際には常に王の傍らに立つ、という立場になるのだ。

「男の方たちは難しい言葉をお考えになりますけど、つまりセルーンさまは、王の花嫁におなりあそばすのでしょう」

それを伝えたときに、ナランはそう言って笑った。

「あなたは最初から、私どもと同じ立場のお方ではありませんでしたが……それはこういうことだったのですね」と。

そして、女性の輿《こし》入《い》れとは違うが、見る者にはその意味がわかるような衣裳を考え、調えてくれた。

それが、今セルーンが着ているものだ。

頭から被った布と同じ、銀糸の縫い取りが施された白い絹。

しかし形は、草原の男たちの上着と同じものだ。

立ち襟の、喉元と脇で留めるようになっている前合わせの上着と、幅広の帯。

それはセルーンのほっそりとしなやかな身体、決して女性的ではない草原の若者としての美しさを際立たせている。

そして女性の花嫁衣裳と決定的に違うのは、その背にやはり特別な、純白の薄革を張った弓を背負っていることだ。

馬を並べ、弓を取って、王に並ぶただ一人の存在。

それが、セルーンに与えられる立場なのだ。

ソリルが草原の王に選ばれたとき、族長たちは色めき立って「王には妃《きさき》が必要だ」と言い出した。

すべての族長が自分の娘を差し出して、ゆくゆくは自分が「次の王の祖父」になることを望んだ。

しかしソリルはそれをきっぱりと拒否した。

「俺は、王朝は築かぬ」と。

草原に攻め入った敵の王は、敗走後、実の弟に討たれたらしい。

ソリルも、異母兄を討たざるを得なかった。

そのような骨肉の争いが将来起きることは望まない。

「だから俺は、妻も持たぬ、子も持たぬ、俺が王としての力を失ったら、合議で新しい王を選ぶがよい」

それがソリルの決断だったのだ。

その代わりに、セルーンを「ただ一人の存在」として側に置くが、それはセルーンの一族が優位に立つことを示すものではない、とも、きっぱりと宣言した。

セルーンの存在は、争いの種にはならない。

むしろ、無用な争いを封じることになる。

だからこそセルーンは、この自分には晴れがましすぎると思える地位を、受けることにしたのだ。

「セルーン……さま」

垂れ布の向こうから、ザーダルが顔を出してセルーンを呼んだ。

ぎこちなく尊称をつけて。

ザーダルとも、ゆっくり理解し合っていけるだろう。

すでにザーダルは、嘘をついてセルーンを草原に置き去りにしたことをセルーンが口外しなかったことで、自分の行いを悔いている。

そしてセルーンも、ザーダルのそんな行動全てが、ソリルを思ってのことだと、知っている。

「あなたが王にふさわしいと、俺に見せてくれ」

そんな言葉でセルーンを受け入れようとしているザーダルのためにも、王にふさわしい存在でなくてはいけない。

「お出ましを」

そのザーダルが頭を下げて促す。

「はい」

セルーンは頷き、垂れ布の向こう、壇上に向かって一歩踏み出した。

銅鑼の音が響く。

そして、ソリルがセルーンの方を向いて、玉座の前に立っている。

セルーンは歩む。

セルーンに向かって優しく微笑みかける、ソリルのもとへ。

ソリルがセルーンに手を差し出し……セルーンはその手に、自分の手を載せた。

ぎゅっと握られる。

人々の歓声を聞きながら、セルーンは、優しくセルーンを見つめるソリルを見つめ返し、
今こそ自分は本当にソリルのものになったのだと感じて胸を震わせていた。

あとがき

このたびは「草原の王は花嫁を征服する」をお手に取っていただき、ありがとうございます。

これは、「民族BL」というくくりになるのかな、と思います。

イメージしたのはモンゴルです。

あくまでも「モンゴル風」であって、人質のやりとりなどの風習は私が勝手に考えたものになりますが、人名（馬名も）は、モンゴル語から取った名前になります。

広い意味でのファンタジーになるのかと思いますが、奇跡とか、魔法とか、超常現象とか、そういうものがないので、あえて「民族BL」かな、と。

そういうジャンルわけはともかくとして、何しろBLですから、お気軽にラブの部分を楽しんでいただければと思います。

しかしこういう舞台設定のお話だと、興味を持っていただけそうなタイトルに辿り着くのがなかなか大変で、それでも今回は割合早くにタイトルが決定しました。

担当さま曰くの「全部のせ」です（笑）。

草原で、王がいて、征服した相手が花嫁だぞ、と……はい、そんなお話です。

その担当さまには今回もお世話になりました。

いつもかなり好き勝手に書かせていただいているのですが、そんな中でも担当さまの「個人的希望ですが」と言って提案してくださることがいろいろヒントになってお話が広がったりして、本当にありがたいと思います。

今後ともよろしくお願い致します。

そしてイラストはサマミヤアカザ先生です！

サマミヤ先生に描いていただけるとわかって、「だったらぜひこんな感じに！」と設定もふくらみました。

モンゴル風、という漠然としたイメージしかお伝えできなかったのですが、主人公たちのビジュアルはもちろんのこと、衣裳などもとてもとても素敵に描いていただき、感激です。

本当にありがとうございました。

そして、この本をお手に取ってくださった全ての方に御礼申し上げます。

よろしければ編集部宛に感想などお送りいただければ幸いです。

この冬は新型肺炎などなどいろいろ心配ですが、どうぞ皆々さまお体にお気を付けて、BLライフをお楽しみください。

また次の本でお目にかかれますように。

夢乃咲実

✦初出　草原の王は花嫁を征服する……………書き下ろし

夢乃咲実先生、サマミヤアカザ先生へのお便り、本作品に関するご意見、ご感想などは
〒151-0051 東京都渋谷区千駄ヶ谷 4-9-7
幻冬舎コミックス　ルチル文庫「草原の王は花嫁を征服する」係まで。

幻冬舎ルチル文庫

草原の王は花嫁を征服する

2020年2月20日　第1刷発行

✦著者	夢乃咲実　ゆめの さくみ
✦発行人	石原正康
✦発行元	株式会社 幻冬舎コミックス 〒151-0051 東京都渋谷区千駄ヶ谷 4-9-7 電話 03(5411)6431［編集］
✦発売元	株式会社 幻冬舎 〒151-0051 東京都渋谷区千駄ヶ谷 4-9-7 電話 03(5411)6222［営業］ 振替 00120-8-767643
✦印刷・製本所	中央精版印刷株式会社

✦検印廃止

ISBN978-4-344-84618-0　C0193　Printed in Japan